AF444362

Navidad entre letras

ANTOLOGÍA DE RELATOS

Título: Navidad entre letras. Antología de relatos.

Escritores Paraguayos Autopublicados e Independientes - EPAI, 2020.

Primera edición: Diciembre, 2020.

ISBN: 9798586977892

Sello: Independently published

Diseño de la portada: Carolina Cáceres.

Maquetación: Carolina Cáceres.

Navidad entre letras

ANTOLOGÍA DE RELATOS

EPAI

Escritores Paraguayos
Autopublicados e Independientes

La navidad agita una varita mágica sobre el mundo, y por eso, todo es
más suave y más hermoso.

Norman Vincent Peale

A nuestras familias, amigos y colegas

Sinopsis

La navidad es una fecha especial, sobre todo en un año tan particular como este. Algunos lo ven como una fecha milagrosa, bella y reconfortante, otros como un castigo por los recuerdos que se acumulan, pero sin lugar a dudas es el evento que nos dice que se avecinan cambios, de los buenos o los caóticos, pero cambios al fin.

En esta antología once autores relatan una historia desde los ojos de sus protagonistas, desde realidades actuales y de condiciones diferentes.

El amor, el temor, el odio, la desesperación, la fe y la esperanza son sentimientos que se mezclan en esta antología navideña, que busca trasportar al lector al mundo mágico de las letras y los sueños.

Contenido

La estrella de Belén

CAROLINA CÁCERES

Y la pesadilla, que parecía lejana, golpeó a su familia. En esa blanca y aséptica sala, con olor a alcohol, desinfectante y medicina, Irene analizó los últimos meses de su vida. Todos hablaban de la nueva normalidad, pero ella pensaba que a esto no se le podía llamar normal. Rememoró las palabras de un periodista: recuerden, al final, es casi seguro que todos conozcamos a alguien que haya muerto a causa del COVID – 19. En aquel momento, no lo tomó en serio, más bien, lo veía como algo que les sucedía a otros.

La pequeña ciudad donde vivía Irene no mostraba la misma alegría que años anteriores. Antes del maldito virus, a principios de diciembre, los comercios, las calles, plazas y frentes de las viviendas se vestían de gala con los vibrantes colores de la navidad. Esta vez, no hubo decoraciones navideñas, y muchos negocios tuvieron que cerrar sus puertas. Era otra consecuencia de este enemigo silencioso e invisible a la vista humana, que no solo arrebató a muchos sus seres queridos, sino que también los despojó de su sustento, de lo que dignifica a las personas, el trabajo. Las calles se veían desérticas. A decir verdad, no solo la ciudad tenía ese deje melancólico, ella también se sentía triste. Su corazón estaba roto, y sabía que ya nada sería igual, y en absoluto, normal.

Pero dejen que les cuente como empezó todo: en marzo del dos mil veinte, el gobierno decretó el estado de emergencia y cuarentena total por una semana. Muchos se alegraron, sobre todo los más jóvenes y los niños, tendrían unas minivacaciones. El problema fue que, la semana se volvió mes, y el mes casi un año, presos en sus hogares. A medida que la situación evolucionó, se aplicaron otras disposiciones. Después de meses, pudieron beneficiarse con la libertad condicional, así se refería uno de los hijos de Irene a lo que estaban viviendo.

Solo cuando perdemos la libertad, tomamos conciencia de lo importante que es tener la posibilidad de salir cuando quieras. Ir al supermercado, visitar a un amigo o reunirse con la familia los domingos, actividades que dábamos por sentado, en ese momento eran imposibles. Ese primer día, Irene, su marido y sus dos hijos menores, fueron al mercado para abastecerse con alimentos y pasar la cuarentena. Es verdad que no podían quejarse, no les faltó nada. La televisión y el internet se convirtieron en el medio que los mantenía en contacto con sus parientes, amigos y el mundo.

Las noticias a nivel mundial eran lamentables, miles de muertes y enfermos internados en hospitales saturados. Si te diagnosticaban con la enfermedad y tu caso empeoraba, tu destino era incierto, morías en la completa soledad y, por si fuera poco, nadie podía despedirte como es debido. Por lo tanto, solo quedaba cumplir con el encierro, cuidarse y cuidar de los demás. Con el tiempo, el enclaustramiento empezó a afectar a todos de alguna u otra forma, las ideas para entretenerse se agotaron y las clases en línea no lograron suplir al contacto entre compañeros y profesores. Además, se convirtió en un trabajo para Irene, que se transformó en maestra, una actividad que se sumó a las obligaciones como mamá y ama de casa. Los días pasaron con lentitud desgarradora, parecía que nunca terminaría el martirio. Pero lo peor estaba por venir, el día que su marido dio positivo al *test* fue terrible. Los preparativos para mantenerlo aislado en el fondo de la casa se sentían como estar excluyéndolo, pero las indicaciones eran esas.

—El médico dijo que no nos preocupemos, mis síntomas son leves y en quince días volveré a mis actividades normales —le dijo Héctor con la intención de tranquilizar a Irene.

«De nuevo la misma palabra: «normalidad». ¿De qué normalidad hablan?», pensó Irene.

Pero decidió callar. Por lo menos estaría en su hogar y ella podría cuidarlo. La enfermedad como un huracán sacudió la vida de Héctor. No tuvieron salida, fue ingresado de urgencia al hospital. Se dice que el tiempo es lo más preciado que tenemos, y es verdad, Irene oró y suplicó para que Héctor tenga más tiempo, aunque eso era imposible. La separación fue lo más difícil. A los niños les asustó ver a los hombres del ministerio de salud, enfundados en esos trajes blancos y con las máscaras, cubiertos de pies a cabeza, parecían salidos de una película de ciencia ficción.

—Hasta pronto, mi amor —dijo Irene, con las voz temblorosa a punto de romper a llorar, ahogando la pena, enviándola al fondo de su garganta.

—Te vamos a extrañar —corearon sus hijos desde la puerta y se despidieron con lágrimas en los ojos.

Héctor solo levantó la mano desde la camilla a punto de ser ingresado a la ambulancia, no respondió, ya no podía.

—Vamos, chicos, entremos a la casa —murmuró Irene luego de ver como el vehículo que llevaba a su marido desapareció al doblar la esquina—. *Papi* tiene su teléfono y nos mantendremos en contacto, no lloren, es mejor orar y pedir que se recupere rápido. Sacó su celular y envió un mensaje a sus hijos mayores, avisando sobre la internación de su padre.

Con esta noticia el mundo de Irene se volvió un desastre. Faltaban cuatro semanas para la navidad, ya era difícil estar lejos de sus otros hijos. Se sentía impotente por no poder ayudar a su compañero de vida, a su gran amor, al que juró frente a Dios acompañar en la salud y en la enfermedad. No podía cumplir con su promesa y eso la destrozó. Sabía que por sus hijos debía ser fuerte, pero hubieron días donde se derrumbaba y se largaba a llorar en la soledad de su cuarto, mirando el espacio vacío en la cama. Lo extrañaba demasiado.

—¡Mamá! —escuchó que la llamó Marcelo, uno de sus hijos.

—¡Ya voy! —respondió ella, y se secó las lágrimas antes de ir junto a él.

—¡Mira, mami! —Señaló el televisor—. El señor dice que habrá un fenómeno esta navidad, se verá la estrella de Belén.

—Eso es algo bueno, *Marce*, podemos pedir un milagro de navidad —dijo a su hijo.

—Yo voy a pedir que vos y papá estén juntos en navidad —respondió el niño, y la abrazó—, ¿vos qué vas a pedir? —indagó, y dejó un beso en la mejilla de Irene.

—Lo mismo que vos, *Marce* —manifestó ella, besó su coronilla y acarició con cariño la cabeza del niño.

—¡Lucas! —llamó Marcelo a su hermano que estaba en el dormitorio jugando en la computadora—. ¡Tienes que pedir un deseo a la estrella de Belén! —gritó y corrió hacia donde estaba el otro niño.

Irene se quedó y siguió escuchando al periodista con especial interés.

—El próximo veinticinco de diciembre acontecerá un fenómeno astronómico. Todos los habitantes de este planeta veremos cómo Júpiter y Saturno se acercan lo suficiente para que los identifiquemos como una sola estrella, la cual brillará al unísono y podrá ser admirada en la noche de navidad. —dijo, y continuó explicando—. La última vez que se vio este fenómeno fue en la edad media. Es conocida como: «La Estrella de Belén o de la Navidad», ya que suele identificarse como la estrella que siguieron los Tres Reyes Magos.

—Mamá, puedes enviar un mensaje a Nadia y Agustín para que ellos también pidan un deseo, diles que deben pedir lo mismo que nosotros —dijo Marcelo sorprendiendo a Irene, que se quedó pensativa, perdida en sus recuerdos junto a Héctor—. ¡Mamá! —gritó el niño, llamando la atención de la mujer.

—Sí, *Marce*, voy a avisar a tus hermanos para que lo hagan —respondió, y sonrió con tristeza.

—Sin duda alguna —continuó hablando el hombre en la tele—, esta alineación de planetas es algo inusual, ya que suele suceder cada veinte años; sin embargo, la cercanía que tendrán ambos planetas será algo excepcional —dijo el periodista—. Prepárense para vivir una «navidad muy brillante».

—¡Lo escuchaste, mamá! ¡Lo escuchaste! ¡Yo sé que nos concederá el deseo! —gritó el niño pegando saltos de alegría—. Tú y papá estarán juntos y no vas a estar más triste.

—Escuché, hijo —respondió ella.

—¡¿Qué esperas?! Escribe a mis hermanos, seguro que entre más seamos los que pidamos, más pronto y con más fuerza llegará nuestro pedido.

—Ahora mismo llamo a Agustín y te paso para que vos hables con él, y luego llamamos a Nadia.

Irene marcó el número de su hijo mayor y le pasó el teléfono a Marcelo que no paraba de dar saltitos y mover las manos pidiendo que le dé el aparato.

Un milagro, es eso lo que necesitaban. La situación de Héctor en lugar de mejorar, empeoró. Ya ni siquiera podían comunicarse por mensaje o vídeo llamada, porque estaba inconsciente, según le comunicó el médico que lo atendía. Claro que ella no dijo nada a sus hijos más pequeños, porque esperaba que su marido se recupere, escuchó que muchos pudieron derrotar a la enfermedad y ella tenía la esperanza de que él logre sanarse. Cuando Marcelo terminó de hablar con Agustín, le pasó el celular a su mamá.

—Mamá… —dijo Agustín e hizo silencio—, mamá —repitió—, ¿por qué dejas que el niño se ilusione de esa manera?

—Hola, Agustín —saludó ella, y se fue a su habitación para responder sin que los niños escuchen—. Hijo, ¿qué quieres que haga?, no puedo ser tan cruda con un niño de seis años, él todavía cree en papá Noel y los Reyes Magos.

—Estoy preocupado, mamá, yo les dije cuando adoptaron a los niños que ya no tenían edad para eso, pero no quisieron hacerme caso, no era por ser egoísta o malo, pero ahora: ¿qué va a pasar si te sucede algo?

—Para eso están ustedes, vos y Nadia se harán cargo de sus hermanos, pero no pensemos en eso, además, hablas como si tu padre ya haya muerto, él está luchando, Agustín.

—No es eso mamá, pero tenemos que prepararnos para lo peor, no podemos vivir de sueños o deseos, esta es la vida real no un cuento de navidad.

—¡Mamá, ahora llamemos a Nadia! —gritó Marcelo al otro lado de la puerta.

—¡Ya, hijo, deja que termine de hablar con tu hermano! —respondió Irene, después de alejar y cubrir el teléfono con las manos para que Agustín no escuche—. No le saques la ilusión —agregó una vez que volvió a ponerse al teléfono—, por favor, yo no pierdo la esperanza de que tu padre salga de esto, déjanos creer que los milagros existen —Irene suspiró y contuvo el llanto.

—Mamá, no quiero hacer eso, pero debemos ser conscientes, estoy muy preocupado, mami. El no poder ir justo a ustedes me afecta, los extraño a todos. Hablé con Nadia y ella está igual que yo.

—Te entiendo, mi rey, yo también los extraño a ustedes, no veo la hora de que todo esto termine para reunirnos, pero cuéntame: ¿Cómo está tu esposa?

—Ella está bien, bueno, dentro de lo que se puede, tampoco puede ir a ver a sus padres y hermanos.

—Todos estamos igual, ¿no necesitan nada? Sé que perdiste el trabajo y…

—Tenemos nuestros ahorros —Agustín interrumpió a su madre—, no te preocupes por nosotros, ahora son ustedes los que necesitan, yo estoy buscando otro empleo, tengo tres entrevistas esta semana.

—Me alegra, Agustín, pero sabes que cuentas con tu padre y conmigo, no dudes en pedir si hace falta. Con María embarazada y a punto de dar a luz, seguro alguna ayuda van a necesitar.

—Gracias, sé que si hace falta ustedes van a ayudarme, pero ahora pensemos en vos, papá y los niños, además, el bebé llegará en enero y ya tenemos todo lo necesario para recibirlo.

—Estamos bien —mintió Irene—, con la jubilación de tu padre y la mía, es más que suficiente, y también tenemos nuestros ahorros, como vos y María.

—Bueno, mamá, tengo que cortar, hoy me toca cocinar, pero mañana te vuelvo a llamar, y dile a *Marce* que no se preocupe, pediré el deseo, el día y la hora que me dijo que lo haga y también María lo hará.

—Gracias, *Agus*, no olvides que te amamos.

—Saluda a *Luquitas* de mi parte, y dile que muy pronto podremos volver a ir a la cancha. Un beso mamá, te quiero mucho.

—Yo también te quiero, hijo, un beso y bendiciones para María.

Pasaron los días, cada vez faltaba menos para la navidad y Héctor no mejoraba. Irene empezó a mostrar síntomas de la enfermedad, no quería hacerse el test porque temía al resultado. Nadia, que estaba siguiendo sus estudios en la capital, se quedó varada ahí cuando empezó la cuarentena, pero después de hablar con su mamá empezó a hacer los trámites para que le permitan regresar a su hogar. Con su padre en el hospital y en estado reservado y su madre, que al parecer también contrajo el virus, era imperioso que vuelva a su casa para hacerse cargo de sus hermanitos. Cuando Irene tuvo que ser internada de urgencia, el día veintiuno de diciembre, le dieron el permiso de viajar a Nadia. Pero este viaje, no se sentía como el del año pasado, donde la razón era compartir las fiestas con su familia. En esta ocasión, el motivo era triste y doloroso.

—¡Llegaste! —gritó Marcelo cuando la vio entrar e intentó correr hacia ella para abrazarla y besarla.

—Espera, *Marce*, me voy a bañar y cambiar antes. —Lo detuvo Nadia.

Las indicaciones a causa del virus eran: al llegar de la calle desprenderse de toda la ropa, zapatos, bañarse, cambiarse y luego interactuar con la familia. El alcohol en gel, desinfectante y mascarilla eran imprescindibles para combatir al enemigo.

—Lucas está llorando desde que se fue mamá—murmuró entre lágrimas—, creímos que nos quedaríamos solos como antes, ya sabes, de que mamá y papá nos adopten —comentó el niño haciendo un puchero.

Tenía los ojos hinchados y rojos, y las mejillas húmedas a causa del llanto.

—Jamás los dejaría solos, *Marce* —Nadia quería abrazar, besar y consolar a su hermanito, pero debía ser prudente—, salí en cuanto mamá me avisó que iba al hospital, pero sabes que el viaje desde Asunción hasta aquí dura seis horas.

—A nosotros nos pareció más que seis horas, teníamos miedo, mucho miedo. —El niño recogió el bajo de su camisa y se secó el rostro lleno de lágrimas.

—Seguro que sí, yo también hubiese tenido miedo. ¿Dónde está Lucas? —indagó Nadia.

—En el cuarto, ni siquiera quiso despedirse de mamá y no paró de llorar —le informó Marcelo.

—Me baño, me cambio de ropa y voy a hablar con él. Avísale que ya estoy aquí —le ordenó Nadia a Marcelo.

El deseo y pedido de milagro quedó en el olvido. Había asuntos más importantes. Todos estaban tristes y aturdidos. La incertidumbre de lo que pueda suceder con la salud de Héctor e Irene los intranquilizaba. El ambiente se sentía pesado y frío, nadie se animó a decorar la casa como solía hacerlo Irene, pero el día veinticinco, un ruido en la sala llamó la atención de Nadia y sus hermanitos. Con miedo de encontrar a un intruso, asomaron la cabeza para ver lo que sucedía. Ahí estaban, María y Agustín, armando el árbol de navidad.

—Nos dieron un susto de muerte —dijo Nadia y se acercó a saludar a su hermano mayor—. Mira esa pancita —dijo y colocó la mano sobre abultado vientre de María—, ¿ya saben que va a ser? —indagó.

—Será una niña —respondió María con emoción.

—¡Qué bueno, me supongo que seré la madrina! —exclamó Nadia y abrazó a su hermano.

—Por supuesto que sí, Nadia —le dijo Agustín y revolvió su cabello con cariño, como solía hacerlo cuando eran niños.

—No los esperábamos —comentó Nadia con pena, y se desparramó en el sofá.

Al instante la acompañaron Marcelo y Lucas, acomodándose uno a cada lado de la chica.

—Los notamos muy mal anoche, por eso decidimos venir. No tuvieron cena de noche buena, pero tendremos una de navidad, hemos traído todos los ingredientes para el menú que mamá suele preparar en estas fechas, y… —hizo silencio, y miró a los niños con ilusión—, también… trajimos regalos que papá Noel dejó en nuestra casa para Marcelo y Lucas —dijo Agustín y sonrió.

—¡En serio! —chilló Marcelo y empezó a saltar de alegría—. Hoy es el último día para pedir el deseo —recordó. De golpe frenó los saltos y agachó la cabeza para no mostrar que empezó a llorar.

—¡Ya te dije que los milagros no existen! —gritó Lucas—. Sabes lo que pasará, Irene y Héctor van a morir, y nosotros seremos enviados de regreso al hogar de niños, deja de soñar, Marcelo.

—¡Lucas! —gritó Agustín sorprendido por las palabras del niño—. Somos familia y como tal, nos cuidamos y apoyamos entre todos. Ustedes son nuestros hermanos. Nadia y yo jamás dejaremos que los lleven a ningún lugar. Además, mamá y papá pronto van a regresar.

—Claro que regresarán, ellos van a curarse —afirmó Nadia, y abrazó a los dos niños—. Vamos a pedir el deseo esta noche a las doce en punto —inclinó un poco la cabeza para mirar a Lucas a los ojos— y se nos va a cumplir, ya van a ver.

—Yo no quiero regalos, solo quiero que mamá y papá estén juntos —murmuró Marcelo—. Prefiero llevar mi regalo al hogar, ahí los niños lo necesitan más que yo.

—No podemos ir al hogar de niños, pero le haremos llegar regalos —dijo Agustín, y siguió adornando el árbol.

—A mamá le gustaba más el pesebre —comentó Lucas con sequedad.

—Entonces vamos a armar el pesebre, ve a buscarlo —le dijo Nadia a Lucas y se puso de pie.

Decoraron la casa y cocinaron en familia. A las nueve todos estaban listos para compartir la cena. Conversaron, comieron y contaron anécdotas sobre Héctor e Irene.

—Agustín… —susurró María—. Creo que ha llegado la hora —añadió.

—Sí, María, llegó la hora —dijo Agustín con alegría.

—No, Agustín, llegó la hora, la niña está en camino —explicó María.

—¡No! —chilló Nadia.

—Se orinó encima —indicó Lucas mirando los pies de María.

—Sí, se hizo pipí —afirmó Marcelo.

—¡No me hice encima, estoy pariendo! —vociferó María.

Media hora antes de las doce de la noche, María, Agustín y los chicos, salieron corriendo hacia el hospital. El celular de Nadia sonó en el camino, ella respondió y se quedó helada, las noticias sobre sus padres eran poco alentadoras. Entraron en crisis, y los médicos estaban intentando estabilizarlos. Nadia Informó a la persona que la llamó que estarían en el área de partos y cortó. No quiso preocupar a sus hermanos.

María entró en la sala de parto, pero a las doce en punto, todos, en soledad, pidieron el deseo.

☙☙☙

En el hospital colocaron la camas de Irene y Héctor una al lado de la otra. A las doce, ella, agarró la mano de su marido y recordó que era la noche para pedir el deseo. Cerró los ojos, y con sus últimas fuerzas lo hizo.

—Estaremos juntos —murmuró sin soltar la mano de Héctor.

En ese instante, se elevaron por sobre sus cuerpos y como el humo flotaron desplazándose hasta donde estaban sus hijos.

—Es hora de seguir nuestra estrella —le dijo Héctor y la abrazó con ternura—. Tenemos que estar orgullosos de nuestro paso por esta tierra. Hicimos lo que el corazón nos dictó y eso fue lo mejor.

Sus hijos estaban frente al ventanal de la maternidad, esperando noticias de sus padres, de María y que llegue la recién nacida.

—¿Cómo se va a llamar? —indagó Nadia.

—Belén —respondió Agustín.

—A mamá y a papá les hubiese gustado ese nombre —dijo Lucas con la voz temblorosa.

—Seguro que sí… —dijo Marcelo, y se largó a llorar.

—Ellos están juntos, *Marce*, no llores —lo consoló Lucas y se acercó para abrazarlo.

—Lo importante es que ustedes están juntos —dijo Irene, aunque sabía que ellos no la escucharían.

Marcelo se acercó a una ventana y vio como la estrella empezó a perder el resplandor.

—Ya está desapareciendo —informó a todos—. La estrella de Belén brilla menos —añadió y empezó a llorar.

—¿Ustedes son los parientes de Irene y Héctor? —preguntó una enfermera que apareció de repente.

—Sí —dijeron todos a coro y sorprendidos.

—Lamento mucho tener que informarles, que ellos no aguantaron…

En eso entró Belén en brazos de una enfermera.

—Su esposa está bien —le informó a Agustín—, no pueden estar aquí —dijo mirando a los demás—, solo el papá —les ordenó.

—Ellos serán la estrella de Belén —dijo Marcelo y abrazó a Nadia.

No tardaron en unírseles Agustín y Lucas.

—Estaremos bien —murmuró entre sollozos Agustín, y miró a su hija a través del cristal de la maternidad.

En esa blanca y aséptica sala, con olor a alcohol, desinfectante y medicina, Irene analizó los últimos meses de su vida. Miró a la hermosa niña que nació el veinticinco a las doce de la noche y se sintió satisfecha, su familia estaba unida, tal vez, los motivos sean agridulces, pero estaba segura de que todo lo que ella y Héctor enseñaron a sus hijos, era suficiente como para que sigan adelante sin ellos.

Marcelo volvió la vista hacia la ventana y vio como la estrella se fue apagando, tal como la vida de Irene y Héctor, pero se dice que cuando una estrella muere, nace otra, y Belén será el lucero que ilumine la oscuridad de la pérdida.

FIN

Ocho inviernos en Nueva York

LORENA VALOIS

—¿Estás de broma? ¿Cómo es eso de que quieres hacer una fiesta e invitar a todos los ex compañeros de la preparatoria? ¿Es que acaso no tienes amigos más actuales? —farfullaba una joven en su teléfono móvil, mientras caminaba por las calles, rumbo a tomar el metro.

El frío polar arreciaba con fuerza y apenas podía sostener el aparato con sus manos enguantadas, pero si era para regañar a su impulsiva amiga Emily, bien valía el esfuerzo.

Cuando entró en la zona del metro, la señal del móvil empezó a perder fuerza y no tuvo más remedio que cortar, y en la mejor parte, justo donde Emily le explicaba acerca de la fiesta improvisada prenavidad que planeaba hacer con ex compañeros de la preparatoria.

La mujer de cabellos oscuros y ojos azules subió a la línea de metro que la llevaría al Bronx, rumbo a casa. No tenía más de veinticinco años, pero el reflejo de las ventanas del metro, le echarían un par de años más, por causa de su aspecto demacrado.

Todavía le picaba la idea de Emily y eso que Hannah no se consideraba una especie de grinch navideño. Solo que el formato que su intrépida amiga planeaba no le agradaba.

Apartó su mirada del reflejo del ventanal. No le gustaba lo que veía.

Volver a ver a sus ex compañeros de preparatoria luego de tantos años, le resentía.

Quien sabe el tipo de vidas fabulosas tendrían esas personas ahora. En cambio, la de ella era un desastre en todas sus formas y eso que en la preparatoria fue una de las jóvenes más prometedoras de esa generación. La más bella, intrépida, deportista y dueña de una mente prodigiosa que la aventuraba a convertirse en un genio de ciencias exactas. Hannah volvió a mirar su reflejo en el vidrio del ventanal. Nada salió como ella esperaba o deseaba.

A su edad estaba hecha la propietaria de una tienda de artículos deportivos, cuyos números iban cayendo en rojo, con unos estudios mínimos de contabilidad que había adquirido luego de un curso rápido de secretariado ejecutivo, porque no pudo permitirse estudiar algo más. Y lo peor de todo, es que ni siquiera era la dueña total de ese negocio, ya que quien puso gran parte del capital, más bien para ayudarla, había sido su amiga Emily.

Tenía un departamento minúsculo cuyo alquiler apenas y podía cubrir. Y lo peor no era eso, su aspecto macilento y cansado que le sumaba años eran a causa de algunas medicinas que tomaba por la ligera afectación cardíaca que sufría. No era grave ni mortal, pero había sido suficiente para quedar marginada por siempre de las actividades deportivas que tanto había amado en su juventud.

Si seguíamos hurgando en su penosa vida, también era una fracasada en el amor.

Se había divorciado hace cuatro años de un reportero gráfico, cuyo trabajo siempre había sido más importante que ella.

Resultado de esa relación: Absolutamente nada.

Y había estado sola desde entonces. Su autoestima no era de las mejores y su situación no la llevaba a desear tener otras relaciones.

En síntesis, sentía que su vida había sido una serie de fiascos. No deseaba admitirlo, pero si rememoraba un poco, la única etapa feliz que recordaba era el tiempo de instituto.

Quizá por ese motivo es que se negaba tanto a esa fiesta que planeaba Emily.

En el fondo la envidiaba y mucho.

Ella había logrado todo lo que siempre quiso. De una manera extraña, pero sí que lo tenía todo.

Emily si había estudiado en la universidad gracias a la beca, que también hubiese podido obtener también ella, de no ser por haberse encaprichado tanto por Andrew, su exmarido, el reportero gráfico por quien dejó todo, para marcharse con él.

¡Qué estúpida había sido!, como se arrepentía de haber hecho eso. Todo para nada, Porque Andrew, al final, si bien nunca había sido violento con ella, por ahorrar dinero no le había permitido que invirtiera en la universidad, y la limitó de todas las formas posibles a causa de los celos.

Le decía que debían guardar todo el dinero que pudieran para un futuro. Y ella entonces hizo un curso rápido y abrió gracias a un préstamo, un pequeño negocio de artículos deportivos.

Al final, para pagar al abogado del divorcio había tenido que liquidar ese negocio, y fue Emily quien la había salvado de no quedarse sin fuente de ingresos, ya que había sido su amiga quien había aportado el dinero para que reconstruyera de vuelta este negocio en franca decadencia.

Suspiró.

Estaba cansada.

Por fin el timbre del metro le anunciaba que llegaba a su parada.

Tampoco es que se moría por llegar a casa.

Ese departamento minúsculo donde casi se hacinaba a ella misma.

Menos mal tenía un poco de comida congelada. Se moría de hambre. Apenas sorbió el espagueti que había recalentado, prendió el televisor, y en ese momento, su móvil empezó a sonar. Miró el identificador. No podría ser nadie más que Emily.

—¿Todavía sigues con la idea de la fiesta? —recriminó Hannah apenas tomó el aparato, y sin saludar.

—Ya está hecho. Aunque no creas, todos respondieron. Vendrán todos, Hannah ¿no te parece emocionante?, es como si estuviéramos rebobinando unos años. La mayoría vendrá de muy lejos. Y lo más increíble es que hasta Michael estará en la fiesta. Ya sabes que a él no le gustan estas cosas, pero al final estará, y más que nadie porque…—reveló Emily, aunque era claro que no podía soltar el chisme completo, porque su bulliciosa hijita estaba con ella.

—¿Qué? —insistió Hannah

—Vendrá un compañero de Michael, o sea de una de sus divisiones, no lo entiendo bien, como sea… ¿a qué no adivinas quién? —sonreía Emily con todos los dientes

—Perdí la bola de cristal —respondió Hannah tragando algo de comida.

—¿Recuerdas a Jamie Parker, el pelirrojo ése? él que desapareció del mapa a mitad de la preparatoria

Emily seguía hablando del otro lado de la línea, pero Hannah se había quedado paralizada al oír ese nombre.

Un nombre que no pensaba volver a oír jamás. Pero que ella recordaba muy bien, más en estos tiempos de tanta nostalgia y melancolía por los fracasos de su vida. Jamie Parker.

—¿Sigues ahí, Hannah? —insistió Emily del otro lado de la línea al percibir el silencio en su amiga.

—Sí, si…solo que me sorprende ¿cómo hallaste a Jamie?, o sea, nunca volví a oír de él en años… —respondió Hannah, levantándose del sofá, luego de bajar el tazón de comida en la mesilla.

—¡No toques eso, Claire! —gritó Emily, haciendo que los tímpanos de Hannah se sobresaltaran, aunque luego añadió—. Perdona, tengo que colgar. Hablamos luego. Claire está coloreando las paredes con un tizón rojo. Te llamo más tarde.

Emily cortó, pero Hannah seguía aún sorprendida por la revelación de que Jamie Parker estaría presente en la fiestita que preparaba Emily.

Ni siquiera pudo saber cómo es que había aparecido.

Esto ameritaba un cigarrillo. No debía, por su condición cardíaca, pero uno de vez en cuando no le venía nada mal.

Fue a fumar en el mismo lugar donde antes estuvo cenando.

Se moría de curiosidad de saber más, pero tampoco podía andar llamando a Emily por estas sandeces. Otra cosa más para envidiarla.

En un cuadro extraño por la disparidad de caracteres, la vivaz Emily estaba casada con Michael Sanders, el huraño y sarcástico jefe de estación de la policía de New York, y era madre de una niña revoltosa como ella, llamada Claire, que ya casi tenía cuatro años. Y Hannah no tenía que mirar dos veces para darse cuenta de que su amiga era genuinamente feliz, pese a las diferencias. Hannah volvió a meterse el cigarrillo a la boca.

Solo tenía que rebobinar un poco y darse cuenta de que un suceso muy grave ocurrido en su adolescencia fue el gran punto de inflexión que marcó la vida tanto de ella, como la de Emily.

Recordaba sonriendo que, en esa época de adolescencia, Emily había estado hasta las patas por Ethan Williams, un chico que nunca la peló y Hannah vivía su primer enamoramiento de la mano de Jamie Parker.

El chico la cortejaba, y ella, pues no era tan indiferente a los avances del pelirrojo. Recordaba los tímidos besos que se habían dado tras el mural del instituto. Probablemente hubiesen llegado a ser novios, pero ese suceso grave, vino y lo cambió todo. A todos.

Un fundamentalista, como medio de protesta contra el gobierno, había ingresado al edificio del instituto y había roto unos cables, provocando unos cortocircuitos que provocaron un incendio en el lugar, donde apenas y se salvaron los aterrados estudiantes.

Hannah recordaba que ella misma estuvo a punto de morir cuando una de sus piernas había quedado atascada, y hubiese muerto, de no ser porque un valiente y persistente Jamie había entrado al recinto que se quemaba y caía a pedazos para salvarla, provocándose una herida en el rostro.

Eso no pareció importarle, porque la había salvado. Eso pudo verlo en su cara sonriente pese al dolor en su mejilla sangrante.

Recordaba que Emily, con su habitual energía, se quiso poner como voluntaria para intentar salvar a la gente que todavía estaba encerrada en algunos salones.

Y no lo hizo, sólo porque un oficial de policía que llegaba al lugar de los hechos se lo impidió fervientemente.

Al final, ni aquel hombre pudo detener que la jovencita se pusiera en plan de velar por los heridos que se sacaban del lugar siniestrado.

Fue ahí donde Emily conoció al hombre que se convertiría en su marido y el amor de su vida, y también padre de su hija Claire.

En ese entonces, el oficial de policía, teniente Michael Sanders. Un hombre de estatura de temer y rostro impasible. Ocho años mayor que Emily.

En ese momento era incapaz de imaginar que esos dos terminarían juntos.

No sabía cómo, pero al final, luego de un par de años se habían casado, y Michael no tuvo reparos en que ella fuera libre de ir a la universidad, aunque en medio de aquello había resultado embarazada. Hannah envidiaba sinceramente eso. Porque Michael, siempre se las arreglaba para ir a buscarla. Tenía un carácter de miedo para con todo el mundo, pero ella sabía que Emily y su hija Claire eran su razón de vida.

Y también con ese incendio cambió la vida de la misma Hannah, porque en medio del frenesí, había conocido al hombre con quien ella misma terminaría casándose, y por quien renunciaría a todo.

Había quedado deslumbrada con aquel reportero gráfico de uno de los periódicos, que había llegado al lugar a cubrir la escena. Andrew, era un joven muy guapo y sus encantos terminaron por hacer caer a Hannah, que no pudo resistirse al gran atractivo físico del aquel hombre.

En un plumazo se le borraron de la mente y los labios, esos besos tímidos que había compartido con Jamie Parker, que, aunque ella nunca lo supo, había sido testigo, en el hospital, donde habían llevado a todos los afectados del incendio, como Andrew y Hannah se habían puesto inseparables.

En ese momento, la morena ya no tenía espacio para pensar en su amigo pelirrojo, a quien ni siquiera había agradecido en forma, por haberla salvado de una muerte segura.

Jamie no era idiota. Sabía que era pronto para decir algo, pero esas miradas que vio intercambiar entre Hannah y ese reportero ya le daban suficiente pauta de que él nada tenía que hacer ahí.

Solo cuatro semanas después del incendio, el pelirrojo pidió su traslado. Iba a mudarse con un tío a Inglaterra. Hannah ni siquiera pensó en eso, ya que, para esa época, ya estaba comenzado un amorío temprano con Andrew, que literalmente la había seducido.

Él había sido muy gentil y tierno con ella, aun cuando en el hospital donde le habían hecho el chequeo post incendio, habían hallado la otra cosa que le cambió la vida por completo. Se le había detectado una afección ligera cardíaca, sin gravedad, pero por culpa de ese mal, se marginó de toda actividad deportiva, del cual ella había sido fanática. Adiós clases de kendo, arquería, fútbol, vóley…

Recordaba con melancolía haber recibido un texto donde Jamie le pedía que viniera al aeropuerto para despedirse antes de su ida a Londres, ya que en esas semanas no tuvieron tiempo de conversar.

Hannah tuvo un primer impulso de ir, pero Andrew no la dejó, porque arguyó que quería que ella viera unos dibujos que estaba haciendo para el periódico donde trabajaba y su aprobación era importante.

Jamie esperó, pero Hannah nunca llegó. Así que jamás llegaron a despedirse. Jamie, como es natural cambió su número telefónico y perdieron contacto.

Cuando pensaba en eso, a Hannah le pesaba la consciencia, porque recordaba perfectamente que desde que quedó prendada de Andrew, nada más volvió a tener importancia. Hasta peleó con sus padres, porque ni bien terminó la preparatoria se marchó a vivir con Andrew.

Recordaba que tuvieron una boda sencilla, en la oficina de registro civil local, sin más testigos que Emily, quien no estaba de acuerdo con todo esto y un amigo de Andrew, que ya ni recordaba el nombre.

Fueron a vivir hacinados en el departamento que Andrew alquilaba, en Brooklyn. El resto es historia. No pudo tomar la beca que le habían ofrecido para la universidad. Estuvieron casados apenas tres años, en un matrimonio que al inicio a Hannah le pareció un sueño por tener a este hombre para ella. Un sueño que se esfumó con la realidad de la rutina y el pesar de la vida.

Su divorcio fue amistoso, pero le había traído más perjuicios que nada. Al final, se había reconciliado con sus padres, pero igual las cosas ya no volvieron a ser lo mismo.

La única que siempre estuvo con ella, y que hasta le dio el dinero para reiniciar el negocio que liquidó para pagar los gastos del divorcio fue Emily.

Terminó por fumarse el cigarrillo. La verdad ¿cómo no sentirse pésimo con todo esto? Habían pasado ocho años desde la última vez que había visto a la mayoría de sus ex compañeros de colegio y a Jamie un poco más incluso, ya que él se había ido a vivir a Londres a mitad del semestre.

Luego de haber sido una especie de estrella rutilante en la preparatoria, pues le apenaba volver a ver a todas esas personas y que vieran en lo que se había convertido. Una fracasada en todos los sentidos.

—¿En verdad va todo esto de menú? —preguntaba Hannah al tiempo que leía la lista que Emily tenía sobre la mesa.

Había decidido no abrir el negocio ese día, total no había ventas y prefirió ir a ayudar a Emily que ya estaba organizando la gran fiesta del día siguiente.

—Pues claro —añadió risueña la muchacha de ojos verdes al tiempo que confeccionaba otra lista, pero con los cócteles que serviría, para después añadir—. Tengo que aprovechar que mi abuelo cuida a Claire en su casa, ya sabes que esa niña es tan bulliciosa, casi ni puedo pensar cuando esa pequeña bola de energía anda por aquí —decía mientras anotaba.

Hannah prefirió guardarse sus pensamientos. La hiperactividad de la pequeña Claire era pura herencia de su madre.

Hannah solo tenía algo en mente, aunque le daba mucha vergüenza preguntar. Emily era su mejor amiga desde la escuela, pero había temas que le costaba tocar con ella.

Emily seguía escribiendo, y tampoco giró la cabeza cuando Hannah carraspeó ligeramente.

Hannah insistió de nuevo.

Emily no se volteó a mirarla, pero soltó a quemarropa.

—Ya está bien, Hannah. Puedes preguntarme por Jamie. Me imagino que es sobre eso.

Hannah enrojeció violentamente.

—Pero ¿cómo crees?, ¿Cómo puedes estar pensando eso de mí?

Emily bajó la libreta de anotaciones y se acomodó en el sofá.

—A mí no puedes mentirme, en nuestro largo historial de amigas, uno de los temas vedados entre nosotras siempre fue Jamie Parker. ¡Por dios, Hannah!, sé que os comíais a besos en el salón de clases cuando nadie os veía —aunque luego se rascó ligeramente la cabeza y añadió—. Aunque la verdad me extraña porque nunca volvieron a contactarse, aunque tú te hayas casado con ese imbécil de Andrew, él era tu amigo —agregó pensativa

Hannah nunca le había contado con detalle el asunto. Y mucho menos que ella nunca había ido cuando Jamie la buscó para despedirse.

—Creo que no me porté bien al final —terminó diciendo Hannah, pero luego cobró valor y añadió—. Ya, lo admito. Me has pillado. ¿Cómo fue que lo encontraste?

—Michael —respondió Emily

—¿Tu marido que tiene que ver?

—Jamie es oficial de la Interpol en Londres, y vino trasladado a New York, y pues como es obvio, vino a acreditarse con Michael. Y hace unas semanas vino llegando aquí a la casa con él. Lo reconoció como uno de los intrépidos alumnos que ayudaron en el incendio de nuestro instituto.

—¡¿Acaso me estás diciendo que tú ya habías tenido contacto con Jamie y no me habías contado?!

—Es que nunca me lo preguntaste —se encogió de hombros Emily—. Además, justo coincidió en la semana de aniversario con Michael y con tantas salidas a solas con mi esposo, se me olvidó —la joven esposa cerró los ojos, soñadora.

—No puedo creer que no me hayas contado eso —reclamó Hannah

Emily sonrió.

—¿Acaso querías detalles de mi salida a solas con mi esposo? —sonrió Emily

—No te hagas, no te hablo de eso, sino de Jamie…

—Está bien. ¿Qué quieres saber? —desistió Emily. Ya tendría otras oportunidades para torturar a su amiga y divertirse a su costa.

Hannah dudó un momento.

—¿Qué hizo de su vida? ¿Tiene familia?

Emily pareció pensarlo un poco.

—Pues hizo su carrera en Londres y sólo ha regresado por su traslado. Fue gracioso verlo. Sigue teniendo el mismo cabello rojo, pero corto ¿recuerdas que lo usaba en coleta?, es un hombre muy agradable y habla inglés como todo un británico —concluyó la joven siguiendo con sus anotaciones.

Hannah la observaba insatisfecha. La respuesta le parecía un poco corta. Ella tenía curiosidad de mucho más. Era extraño, hace ocho años que no sabía nada de él, pero ahora que sabía que estaba en la misma ciudad, tenía muchas ganas de saber que había sido de su vida. Él nunca había vuelto a contactarla. Ella era consciente del desaire que le había hecho al no ir a despedirlo y prácticamente ignorarlo luego del incendio.

¿Por qué habría de interesarle algo de ella?, si es que acaso la recordase.

—Emily… ¿no te ha dicho nada de mí?

—No. Igual, amiga, en la fiesta de mañana tendrás oportunidad de preguntarle más cosas. Sigue siendo la misma persona afable que recuerdo de la preparatoria, aunque se le ha pegado algo del esnobismo inglés —rio Emily —. Creo que es algo propio de esa gente, todos los ingleses actúan iguales.

Hannah no quería parecer insistente, así que el resto de la jornada, sólo conversaron de detalles de la fiesta, pero estaba ansiosa de saber más. Emily fingía escribir, pero la observaba con el rabillo del ojo. Solo cuando notó el acaloramiento que Hannah intentaba disimular fue que decidió hablar.

—Pero vendrá solo a la fiesta. Sigue siendo el mismo chico reservado de antes, pero lo que intuí es que en Londres estuvo viviendo con una mujer, pero no la trajo con ella. No lleva anillo de bodas, y sospecho que está soltero.

Emily notó que su amiga abría mucho sus ojos, y notó un ligero brillo en sus ojos, haciendo que ella misma se sonrojara ante un fugaz recuerdo.

«Supongo que oír sobre un exnovio de la secundaria produce estas cosas. ¿Me pasaría lo mismo a mí con Ethan?» pensaba Emily, que, aunque estaba segura de su amor por Michael, entendía que la fuerza de la nostalgia a la primera juventud era a veces, más poderosa que uno mismo.

Ethan Williams también vendría a la fiesta. Había contestado la invitación. Curiosamente estaba por New York, aunque nunca se habían cruzado.

Anthony, otro de sus amigos, lo había encontrado de casualidad en una cafetería y le había invitado.

Ethan había sido alguien que le había gustado en su primera adolescencia, pero jamás había pasado de simples miradas.

Volvió su mirada en su vieja amiga. Emily evitaba compadecerla o recriminarla, a veces le daba ganas de darle una buena cachetada a Hannah, que todos estos años había sido la propia arquitecta de sus desgracias y fracasos, aunque luego recordaba que la vida se había ensañado con su amiga, así que lo olvidaba.

Recordaba con energía como se había opuesto al matrimonio de ella con Andrew, o a su decisión de no tomar la beca universitaria. El tiempo le dio la razón. Emily meneó la cabeza. Ya no pensaría en eso. No sabía con exactitud qué había pasado entre su amiga y Jamie en el pasado, pero ese brillo en los ojos de Hannah no lo había visto desde hace mucho tiempo.

Tenía el presentimiento de que volver a aquel viejo amigo le haría mucho bien a ella. Como reconectarse a un pasado más feliz.

La organización de la fiesta había sido perfecta. Hannah no pudo menos que admirar como es que Emily, siendo madre, esposa y diseñadora de muebles a tiempo parcial podía organizar esto.

Hannah había estado desanimada por no tener un vestido apropiado para la fiesta. Sentía que nada le iba bien. Estaba muy delgada y demacrada. Pero igual cumplió su promesa y fue la primera en llegar, para darle una mano a Emily, que había contratado el servicio de coctelería y bufete, pero no había previsto tener a alguien que recibiera en la entrada.

Lo hubiese hecho ella misma, pero Claire casi no le daba tregua.

Así que ahí estaba Hannah, con su vestido morado, con un maquillaje suave, y su largo cabello oscuro suelto. Estaba bonita, producto de las manos mágicas de Jacob, otro de sus excompañeros, ahora devenido en estilista, y un gran allegado a Emily, pese a sus estrafalarios gustos. Pero aun así, estaba insegura. Miró adentro y vio a Emily correteando a su hija. En una esquina Michael fumaba y bebía con alguien que tenía un peinado extraño, sentado en el minibar del lugar, porque el alquiler que Emily había hecho incluía uno.

Poco a poco iban llegando los invitados, y los primeros eran gente que ella conocía, los pocos de su curso que todavía seguían dentro de su radio.

Primero Anthony, el eterno liberal y soñador. Mochilero de naturaleza. Un alma libre que vagaba sin rumbo y sin ataduras. Su profesión de maestro de yoga le facilitaba este estilo de vida, aunque fuere donde fuere, al final siempre terminaba regresando a New York, donde tenía un apartamento alquilado.

El que siguió fue Jacob, el amigo estilista, quien era una amiga más. Y lo respetaban por eso. Seguía solo. Nunca le habían conocido una pareja.

Según Emily, el corazón de Jacob era tan extraño como fiel. Decía que desde sus años de instituto había estado eternamente enamorado de un compañero que no compartía sus mismos gustos, pero que el solo hecho de verlo feliz era suficiente.

Hannah suspiró. Ya habían venido los conocidos. Ahora cualquiera que llegara sería alguien a quien no había visto en ocho años, y cada vez que el portón se abría, su corazón daba un ligero espasmo.

La siguiente que llegó fue una dama muy bella, de estilo refinado. Su angelical modo de andar fue suficiente para que Hannah la identificara. Su eterna rival como chica popular en el instituto. Bueno, una ridiculez ahora, pero Hannah sí que se sentía una perdedora viéndola.

Isabella Mitchell estaba más bella de lo que recordaba. Seguía teniendo unos aspavientos extraños y algo soberbios. Ahora era una médica cirujana. Y al verla también Emily se acercó a saludarla.

Había logrado dejar a su hija con su padre, así podía recibir las visitas con Hannah.

—¡Por dios!, Emily…dime que mis ojos no me engañan. ¿En serio te casaste con ese hombre temible de la policía? —preguntó Isabella, luego de las presentaciones y saludos.

—Pues sí. Y allá lo ves con el fruto de nuestro eterno amor —sonrió Emily señalando a su marido que cargaba a su hija, y luego volviéndose a su invitada —. ¿Y tú?, vivías en New York y nunca me había enterado. Gracias a Anthony pudimos hallarte.

—He estado viviendo en New Jersey, pero mi novio se ha mudado a New York, y pues me he venido con él —rio la mujer—, y luego dirigiéndose a Hannah, preguntó—. ¿Y tú? ¿te has casado, Hannah?, recuerdo tu idilio con ese fotógrafo.

—Me casé con él, pero no funcionó. Estoy sola —fue tajante la joven. Isabella lo entendió así y ya no quiso escarbar en el tema. Habían sido rivales en la preparatoria, pero los juegos de burla ya no cabían ahora. Por su rostro, podía deducir que Hannah no había pasado buenos años.

Al final, para seguir charlando terminaron entrando al salón, dejando a Jacob de encargado de recepción.

Fue en esa charla que Isabella develó que salía con un hombre, que todos conocían y que esperaba su llegada en cualquier momento, y al hacerlo, miró a Emily, quien se encogió de hombros al no entender.

—Pues allí está —señaló a un hombre alto que entraba al salón, saludando a Jacob.

Grande fue su sorpresa de ver que se trataba de Ethan Williams. Emily, una romántica empedernida creía que, llegado un momento como éste, el mundo se detendría. Nada ocurrió. Al saludar a Ethan y verlo con Isabella, nada se removió en ella. Ese cariño infantil que había tenido por él había acabado hace tiempo. Le alegraba verlo estabilizado y maduro. En definitiva, una mujer como Isabella era la que le convenía.

Seguía siendo el mismo hombre reservado. Trabajaba en una dependencia del gobierno como ingeniero de sistemas, aunque Hannah sospechó que era una especie de hacker. Y quizá era eso, porque cuando Emily lo llevó a presentarle a su familia, enseguida hizo buenas migas con Michael. Quizá hasta se conocían. Solo cabía hacer una suma básica, y era muy probable.

Los otros que llegaron juntos, de alguna forma conmovieron a Hannah, no solo porque eran un recordatorio del infierno que habían vivido todos en el incendio. Marcus Eliot, quien, a pesar de las numerosas operaciones, no podía ocultar que había quedado casi desfigurado por las quemaduras de ese incendio. Pero lo que más sorprendió a Hannah fue verlo llegar con la misma novia que tenía en el instituto, y que fuera otra sobreviviente de ese infierno: Lauren Gibson.

Ella nunca lo había abandonado. E incluso había estudiado enfermería para cuidarlo siempre. Aunque ahora estaban casados. Y fue Lauren quien había contado que tenían un hijo llamado Hugh. Del particular matrimonio, sólo ella hablaba, porque Marcus era aún más reservado que antes.

Aunque Hannah le tenía un poco de miedo, porque Marcus era un ser extraño y misterioso. Nunca hablaba y parecía metido en cosas raras y turbias. Fue otro que se unió al grupo de Michael. Y extrañamente parecían conocerse. Hannah no tenía ganas de saber de dónde.

En medio de su charla con Isabella, en medio de sus revelaciones, ésta había contado que se había hecho doctora, gracias a ese horrible incendio. Se le había despertado la vocación indefinida que había tenido confusa hasta ese rato. Al oír ese relato y compararla con la de todos los que estuvieron en ese instituto, se dio cuenta que todos parecían haber ganado o aprendido algo con excepción de ella.

Isabella despertó su vocación, ayudando a los heridos de la tragedia y ahora era médica. Hasta su actual pareja sentimental era otro ex compañero que también había adquirido su vocación, al verse impotente de ayudar o prever este tipo de ataques y se había alistado a servicios gubernamentales.

Emily, hasta el día del incendio, había sido una chiquilla inmadura que solo soñaba con Ethan, sin sueños ni deseos que no fueran seguir a este hombre que ni enterado estaba de la admiración que ella le tenía. Pero fue ahí que conoció fortuitamente a Michael, un hombre maduro que aparte de enamorarla, le enseñó que la vida por sobre todo se basa en la superación personal, alentándola a seguir una carrera y ayudarla a ser la mujer que era ahora. Marcus y Lauren demostraron con esa tragedia, que los unía un lazo más fuerte que el amor.

¡Diablos! Hasta Jacob había aprendido a dejar ir a ese hombre que vivía en su corazón, al verlo en tan buenas manos como las de Lauren. ¿Y ella?

También había conocido a un hombre, pero a diferencia de las otras historias, no habría aprendido ni ganado nada. Solo había perdido y en grande. Hannah ni siquiera oía lo que decían las otras personas, y eso que había llegado más gente como Alfred, Sophie y Claude. Mucha gente que creía que no volvería a ver en su vida.

Un desfile de personas que la saludaban con afecto en honor a los viejos recuerdos. Pero ninguna de ellas era la que ella esperaba ver. La que su corazón se negó a ver hace más de ocho años, y que probablemente hubiera tejido un futuro diferente si ella lo hubiera visto en aquel tiempo. Si no se dejaba llevar por su obsesión por Andrew.

Fantasías que tejían su mente sobre posibilidades pasadas ya improbables, pero que su romanticismo le colacionaban ahora ante la inminente presencia de esa persona. Y fue ahí que lo vio. Por un instante, el tiempo pareció paralizarse para Hannah y ni siquiera oyó lo que decían los demás.

Sus ojos azules estaban posados en la figura que acababa de entrar al lugar, saludando al dueño de casa que había ido a recibirlo. No podía verle el rostro, pero ese cabello rojo carmín, ahora corto, así como su porte, aunque más maduro, eran inconfundibles. Luego lo vio acercarse al grupo de Emily y las otras mujeres. Las saludó y sonrió. Y Hannah al fin pudo apreciar la sonrisa blanca y amplia.

Pero cuando levantó su mirada hacia ella, sus inigualables ojos violetas hicieron contacto con ella. Esa fue la marca definitiva de que se encontraba frente a Jamie. Jamie Parker. Aunque su mejilla izquierda aún tenía una leve marca de lo que fuera una fea cicatriz en cruz en el pasado. Pero eran sus ojos.

Unos inolvidables ojos violetas que transmitían una intensa calma y paz, tal así que Hannah tuvo un dejo de melancolía por la sensación de volver a verlos. Finalmente, el hombre le sonrió. Algo que Hannah no se esperaba. Las cosas no habían terminado precisamente bien, pero al parecer el hombre no lo tenía tan fresco como ella. Ni siquiera oyó cuando Emily intervino para que Hannah se acercara a saludar al recién llegado. Ya sus ojos habían hecho contacto.

—Tanto tiempo, Hannah —dijo el hombre pasándole la mano

Hannah tardó unos segundos en responder, embebida en su mirada. Atrapada en el pasado.

—Es verdad, Jamie. Ha pasado demasiado tiempo.

Emily miró de reojo a los dos. No sabía si dejar sola a Hannah que al parecer estaba cayendo en trance, pero afortunadamente vino cayendo una ayuda. Michael vino a intervenir en la charla.

—Vaya, así que viniste —adujo el hombre sin dejar de fumar

—No hubiera rechazado vuestra invitación, hace tiempo que no venía a una fiesta prenavideña en mi país —respondió Parker.

—Bueno, este sujeto está trabajando en New York ahora —volvió a decir Michael dirigiéndose al grupo—. Obviamente lo recordaba del incendio, cuando su estupidez lo hizo famoso, por acercarse tanto a las llamas para salvar heridos. Vaya, había apostado con mi mujer acerca de que, si viniese o no, pero al parecer he perdido.

—Así mismo. Me debes un cheque enorme —bromeó Emily, levantando una ceja, riendo

Solo fue ahí que Michael se le acercó a Emily, y le murmuró al oído donde nadie podía oírlo.

—Tienes razón. Ya más tarde te daré ese cheque «enorme» pagado de una forma que te gustará. —Haciendo que la joven se estremeciera en rubor.

Ese hombre siempre encontraba el modo de desarmarla.

Como estaban en el grupo, a Hannah no le quedó más remedio que seguir allí, pero estaba muy al pendiente de Jamie, estudiando detalladamente cuanto había cambiado y cuanto seguía siendo como antes. Pero en un momento se distrajo así que fue a buscar una bebida al minibar. Cuando ya tenía su cóctel en la mano y ya se estaba volteando, fue que se encontró cara a cara con Jamie, que la había seguido.

—Buena elección —adujo mirando el vaso de Hannah y luego alzando su mirada añadió—. ¿Te gustaría beberlo en la terraza? yo voy ahora ahí a fumarme un cigarrillo ¿me acompañas? —con esa sonrisa que Hannah no pudo resistir.

—¿Entonces no fumas? —preguntó Hannah, confusa al ver que, al ir junto a Jamie a la terraza, éste le dijo que no fumaba porque era un hábito espantoso.

—No, quería una excusa para charlar tranquilo con una gran amiga del pasado —rio el pelirrojo, recostándose por la baranda

Al final eso terminó por relajar a Hannah. El hombre se mostraba tranquilo y risueño. Sin señales de rabia o alguna ilusoria idea rara que ella pudiera concebir.

—No has cambiado en nada. ¿Hace cuánto volviste?

—Hace un mes —respondió rápido el hombre sin dejar de verla, aunque con sus brazos cruzados

—Supongo que me podrás contar algo de tu vida ¿qué has estado haciendo? —se animó Hannah

—Nada relevante. Terminé la preparatoria en Londres, y luego entré a alistarme a la Policía, estudié algo de Criminalística en la Universidad, y eso me valió que me mandaran a la Interpol. Hace un par de meses me enteré de que cabía la posibilidad de un traslado a New York, así que lo tomé.

—Vaya, lo resumes todo como si hubiese pasado en un pestañeo —observó Hannah.

—Es que así fue. ¿Y tú?

Hannah dudó unos segundos, pero luego se animó a hablar.

—Bueno. Soy dueña de una tienda de artículos deportivos. No me va muy bien, pero ahí sigo. No fui a la universidad, pero hice unos cursos básicos de contabilidad, tampoco seguí con el deporte que tanto me gustaba por culpa de un soplo en el corazón. Y veamos, ¿qué más?, ¡Ah!, también me casé y me divorcié —dijo Hannah con una falsa sonrisilla, aunque al ver la mirada anonadada de Jamie añadió—. ¿No es lo que esperabas?, bueno, aunque supongo que también se resume en un pestañeo ¿no crees?

Un ligero silencio.

—Sabía que te habías casado. Eso fue lo último que supe de ti. De hecho, según tu cuenta de *My space* que tenías activa en esa época, habías alzado algunas fotos sobre eso. Aunque hace muchísimos años que dejó de actualizarse —mencionó con seriedad Parker

—Bueno, ahora ya sabes por qué. Había olvidado que tenía una cuenta ahí. Tengo que recordar borrarla. ¿No me digas que nunca te has casado? —finalmente se atrevió a preguntar la joven

—No, aunque conviví con alguien un tiempo —respondió Jamie

Hannah quiso hacerle un comentario tipo ¿es que nunca apareció la indicada?, pero no se atrevió.

Quedaron un momento callados en un incómodo silencio. Los dos recostados en la baranda, como a punto de decir algo, pero que se les quedaba como atorado en sus gargantas.

En un instante a Hannah se le oscureció la cara, tapando sus ojos con el flequillo.

—Siempre quise disculparme contigo por no haber ido aquella vez

—Sin embargo, nunca lo hiciste —dijo Jamie, sorprendiendo a Hannah, que no se esperaba una respuesta como esa siendo que estaba tan afable con ella, pero se apresuró a añadir—. No te preocupes, estamos a mano, yo tampoco te busqué en todos estos años. No estoy enfadado. Ya no.

Hannah se incorporó y se acercó.

—¿Estuviste enfadado?

—Sí, lo estuve. Pero descuida, Hannah. Ya lo olvidé, ha pasado demasiado tiempo. Demasiado quizá —mencionó cambiando su cara levemente e incorporándose para estar frente a frente a Hannah.

Al mirarlo de esa forma, toda la impotencia, dolor, sensación de fracaso y melancolía que carcomía a Hannah desde hace tanto tiempo, finalmente estalló, y no pudo detener el inmenso impulso de arrojarse a los brazos sorprendidos de Jamie, quien la recibió con los brazos abiertos.

Después de todo, aquella mujer había sido su querida amiga en el pasado, los caminos de la vida los habían separado, pero al fin y al cabo seguía siendo Hannah, quizá más golpeada y marchita de lo que recordaba, pero era ella.

—¡Estoy tan enojada conmigo misma que sería capaz de golpearme hasta morir!, es que no sabes cómo pasan los días y no dejo de arrepentirme de mis acciones, mira en lo que me he convertido, no soy más que una fracasada, todo me ha salido mal, y ¿sabes?, me lo tengo ganado. Estoy tan cansada, y he estado así desde hace mucho tiempo —apretándose a esos brazos tan conocidos, pero tan desconocidos a su vez. El mismo aroma, aunque enriquecido por los años y la experiencia. Jamie la dejó llorar y desahogarse. Era extraño. Acababan de verse y encontrarse, pero ahí estaban compartiendo un momento de compasivo dolor. En ese instante Jamie la abrazó con un poco más de fuerza.

—No eres una fracasada Hannah. Nunca podrías serlo. Has pasado tiempos difíciles, pero las cosas tampoco se han acabado, la vida sigue, Hannah ¿o no me digas que ya no queda nada de la muchacha que yo había conocido en su momento? Aquella intrépida chica que planeaba conquistar el mundo ¿lo recuerdas? —tomándola de los hombros para verla a los ojos llorosos

—¿Tu todavía recuerdas a esa muchacha?

Jamie volvió a abrazarla.

—Yo nunca la olvidé

En ese instante Hannah sonrió, confortada por esos brazos, aunque al rato Jamie la separó un poco.

—Desde aquí pueden verse las luces navideñas del Times Square, son tan lindas en esta época. Por eso quise volver a mi tierra. Me gustaba Londres, pero New York es mi casa —señalándole las luces que se avistaban a lo lejos.

Hannah las observó. Todos los años, por esta época, era normal que ese sitio se viera atestado de luces navideñas, pero para ella nunca era algo interesante, pero ahora verlo desde la perspectiva de Jamie, lucía muy diferente. Hasta mágico. Porque había logrado verlo con los ojos con que Jamie lo miraba.

—Ahora —dijo de repente Jamie, pasándole la mano—. Volvamos a la fiesta, tenemos que brindar y esas cosas.

Hannah sonrió, secándose el resto de las lágrimas, y le pasó la mano. Quizá para cualquier otra persona, esto no significaba nada, pero al pasarle su mano y rozarla con la de él, era como si se hubiesen abierto puertas que ella creía cerradas desde hace tiempo. Y eso que llevaban menos de tres horas de reencuentro. ¿Qué pasaría si tuvieran más tiempo?

Hannah sonrió genuinamente. No sabía que le deparaba este nuevo encuentro con este amigo del pasado, pero lo que, si sabía, es que Jamie estaba logrando borrar de un plumazo parte del dolor que la aquejaba.

Seguro muchas cosas iban a ser complicadas, pero la calidez genuina de esa mano le vaticinaba que siempre estaría ahí, para recordarle cosas que creía olvidadas.

—¿Al fin se durmió la mocosa? —dijo un hombre corpulento acostado leyendo algo sobre la cama. En realidad, solo fingía leer, porque la verdad es que Michael estaba espiando con el rabillo del ojo como Emily se ponía el camisón para dormir, para después acomodarse a su lado con un suspiro.

—Si, por fin se durmió y estoy muerta. La fiesta resultó un éxito. Hasta te vi sonreír en dos ocasiones —bromeó la mujer

Michael dejó el libro sobre la mesa de noche.

—Que conste que esta será la última vez que te sirvo como celestino. ¿Qué es eso de unir a Hannah con el idiota pelirrojo?, toda una maldita fiesta solo para eso.

Emily sonreía mientras se pasaba una crema por las manos.

—Los viste, ¿verdad?, cuando bajaron de la terraza tenían un aspecto diferente. Me atrevo a decir que nunca había visto a Hannah sonriendo tanto en un lugar. Y hasta se fueron juntos.

—No apresures las cosas, mujer, y tampoco intervengas. Ya hiciste suficiente. Estas cosas no se fuerzan. Déjalos ser. Aunque te doy la razón. Esos dos se ven bien juntos. Tienen un aspecto patético. Van a terminar juntos —concluyó Michael, aunque al instante se desarmó cuando Emily lo abrazó acurrucando su cabeza en el pecho de su marido.

—Ya cállate y durmamos por hoy. Tienes que guardar fuerzas para darme ese cheque que me debes mañana ¿recuerdas? —murmuró traviesa al oído de su esposo.

—Nunca olvidas una, mujer.

FIN

No me dejes morir, antes de irme

BARBY AVALOS

El aroma a coco llega a mí, sin embargo, no está puesto en ningún lugar. Por alguna razón, mi mente ha traído ese recuerdo. Apago la computadora con ansias, solo quiero que el día acabe, llegar a casa, abrir un pote de fideos chinos y ver la tv hasta quedar dormido. Miro el calendario que cuelga en la pared, solo para darme cuenta de que faltan diez días para la estúpida Navidad.

«¡Qué fastidio!», reflexiono.

La gente estará como loca, de aquí para allá, el tránsito se hará pesado y los del departamento de recursos humanos saldrán con la idea de reunirnos en alguna cena. Todos los años la misma historia, el mismo panorama, la misma forma de ver al mundo. Insensatos, robotizados, manipulados por el rojo y verde colgante en cada negocio.

—Hola, señor *Grinch* —saluda Vanessa.

La miro con algo de recelo, la mujer es hermosa, elegante e inteligente, pero siempre me limito a decirle solo algunas palabras, lo justo y necesario porque no quiero andar como ratón tras el queso, como el resto de la oficina.

Me gusta la chica, claro está, sin embargo, es mi jefa. Tiene una belleza extraordinaria y muchos pretendientes de donde sacarse un novio. Todos sufren por ella, y yo no quiero para mí, me basta con verla un par de segundos y continuar con mi amarga existencia.

—Señora, ¿en qué la ayudo?

—¿Nunca sonríes, al menos al saludar, Mateo? —Ella baja sobre mi mesa un turrón con un listón verde—. Solo debes relajar la comisura de los labios y tus músculos, y ya está, tendrás una sonrisa.

Vanessa agita la canasta llena de turrones de un lado a otro mientras habla, podría seguir viéndola, pero sería caer bajo su hechizo, así que vuelvo a mi planilla y la lleno, en breve debo retirarme y no quiero pendientes.

—¿Ya estás listo para la visita de los de recursos humanos?

—¿Ya tengo mi dinero apartado para dar a los de recursos humanos?, ¿para qué otros disfruten de la fiesta? Sí, estoy listo.

—¡Sí! Eres un cascarrabias. Nos vemos mañana, Mateo, espero que disfrutes del turrón.

La morena se alejó agitando las manos en el aire, la verdad es que me hace sentir un poco tonto diciéndome cascarrabias, sin embargo, es la verdad.

Guardo mis cosas, como de costumbre dejo ordenado mi escritorio y me repito que faltan solo dieciocho días para mis preciadas vacaciones. Lo único bueno de esta época, definitivamente, es eso. Miro el turrón con desprecio y duda, pero al final decido tomarlo y llevarlo a casa, solo para que no me salga con que soy un *grinch*, aunque fuera cierto.

Siete en punto, de nuevo el olor a flor de coco invade mis fosas nasales. Me levanto de la cama, arrastrando los pies y, por alguna razón, ese acto me trae un recuerdo de la infancia. De la nada, soy de nuevo un niño caminando de mi habitación hacia la de mi abuela, ella está ahí, viendo la tele, tomando su mate, esperándome con unos dulces en su mesa de luz. Voy a sentarme en su silla de ruedas y miro de forma atenta su rostro, sus ojos, sus manos, sus débiles brazos que levantan el termo y la guampa con torpeza, pero está feliz. Esa fue la mejor época, cuando ya no había clases y yo iba a dormir a su casa, no solo por los dulces, o porque me consentía, lo fue, porque me amaba, y yo sentía su amor.

El sonido de la notificación de un mensaje me trae de nuevo a la realidad, tomo el celular y veo que es de Vanessa.

Vanessa 7:03
Prepárate que se vienen los de R.R.H.H.

Sonrío, porque al instante que acabo de leer el mensaje me llega otro.

Liana R.R.H.H 7:03
¡Buenos días! Como cada año ya es costumbre nuestra tradicional fiesta de navidad, y haremos algo especial, pues cumplimos veinticinco años como empresa. Por lo que queremos contar con tu presencia y solicitar una colaboración de veinticinco dólares, que puedes depositar en nuestra cuenta. Será en el hotel Los Altos, y lo haremos de gala, así que puedes

invitar a un compañero/a que sea tu acompañante o llevar a un invitado. Fecha: 22 de diciembre a las 20:00 horas. Esperamos que asistas. Atentamente, Liana.

Pongo los ojos en blanco luego de leer el mensaje, ¡veinticinco dólares! ¿Qué les pasa? Y todo para ir a embriagarse y comer, porque no tiene ningún otro propósito. Bueno, este año tiene uno, embriagarse y comer, en traje y vestido de gala.

Mateo 7:05

Gracias por la advertencia, esta vez la estocada fue profunda.

Vanessa 7:05

Lamento no haber podido evitar la herida, señor *Grinch*.

Mateo 7:05

Pues ya haré el pago, así me libro de una vez, total no iré.

Vanessa 7:06

¿Cómo qué no? ¿Me rechazas?

Miro el celular perplejo, no comprendo el mensaje. «¿Se habrá equivocado de *chat*? Sí, capaz es eso», pienso. Estoy a punto de dejar el móvil, para alistarme e ir al trabajo, cuando vuelve a llegar un mensaje de ella.

Vanessa 7:07

Abre el maldito turrón, Mateo, y contéstame.

Abro los ojos sorprendido por el mensaje de la chica, sin embargo, obedezco, voy hasta la cocina, abro el turrón y me encuentro con una tarjeta dentro del envoltorio.

¿Me acompañas a la gala de este año?

Ella ya sabía de la gala ayer, claro, soy un tonto, es la jefa del departamento, es evidente que sabía de antemano. Tomo de nuevo el celular y empiezo a escribir un agradecimiento declinando la oferta, pero me detengo en medio del mensaje. «¿Estás rechazando a tu jefa? A la mujer más hermosa de toda la empresa», recapacito. Borro el mensaje y escribo de nuevo, no sé por qué, pero me siento un niño otra vez, y me asusta, pero al mismo tiempo me emociona.

Mateo 7:10

Señora Vanessa, escribí un mensaje rechazando su oferta, pero a la mitad me di cuenta de que usted es mi jefa, así que no me queda otra que aceptar su propuesta, solo déjeme advertirle que me verá con la cara larga, haciendo comentarios insulsos y criticando la decoración navideña toda la noche.

43

Vanessa 7:11
No espero menos, Mateo, nos vemos en la oficina. Considerando que serás mi pareja en la gala y faltan siete días, debes ayudarme con algunas cosas.

Mateo 7:11
Ya sabía que esto iba a derivar en más trabajo para mí.

Envío el mensaje, vuelvo a sonreír, esta vez, con una sonrisa boba en el rostro, y no la puedo borrar. ¡Genial! Justo lo que no quería, estoy atontado por Vanessa. Luego de la ducha y el café amargo, alejo las ilusiones de mi cabeza y me repito que esto es mero formalismo, que quizás es la única forma que Vanessa encontró para que yo asistiera al evento de fin de año. No tiene nada que ver con querer pasar tiempo conmigo, solo es una de esas estrategias para conseguir mostrar la unidad de equipo y esas tonterías, que los dueños de la empresa esperan de sus empleados.

Al llegar a la oficina, como siempre, camino sin saludar o detenerme en los pasillos, no miro a mis compañeros y, mucho menos, sonrío. No hay que alterar el orden del universo todos los días, suficiente tendrán con verme en esa gala.

—¡Aquí llega el mejor programador de Electronbite grupo! —grita don Alonso, que camina por el pasillo.

¡Carajo! No sabía que él estaría hoy por la oficina, o si no, llegaba más temprano.

—Señor Alonso, buenos días —saludo con un tono aburrido, pero simulando cortesía.

—Quisiera hablar contigo un segundo…—Va directo al grano.

Justo hoy, que tengo mil cosas por hacer, pero bueno, no puedo decir no al dueño, ¿o sí? Por un segundo me planteo negarme. Sin embargo, aunque que parezca lo contrario, me gusta mi trabajo, la verdad es que me encanta, es aburrido y soso, pero tiene una estructura, no debo improvisar, y si fallo, tiene soluciones posibles, y lo mejor, soy un maldito genio de la programación, gano muy bien, además, no tengo ganas de buscar un nuevo empleo.

—Sí, claro, señor.

Lo sigo hasta la oficina de Vanessa, ella está sentada tras su escritorio, al vernos entrar nos recibe con una gran sonrisa.

—¡Buenos días! —saluda.

—Buen día —respondo aburrido, intentando no pensar que hace una hora estaba sonriendo a mi pantalla por su mensaje.

44

—Bueno, Mateo —habla Alonso—. Tenemos noticias bien navideñas para ti.

—¿Malas noticias? —pregunto levantando una ceja, y ambos sonríen.

—¿Lo ve? Es el *grinch* en persona —asegura Vanessa.

—No, muchachito, son buenas noticias. Verás, Vanessa ha sido promovida a la sucursal de la empresa en Alemania, y este departamento está buscando un nuevo jefe. La bella Vanessa ha propuesto tu nombre, y yo estoy de acuerdo.

Un golpe en el estómago, eso siento, para cualquier persona, esto sería genial, fantástico, significa un aumento considerable, renombre, visibilidad, y mucha responsabilidad, todo lo que yo no quiero. Bueno, lo del aumento sí quiero.

—Agradezco bastante que hayan pensado en mí, pero ese no es un puesto para el *Grinch* de la empresa —digo, apretando la correa de mi cartera. Patético, ni siquiera tengo la apariencia de alguien que pueda ser jefe.

—¿Estás rechazando ser jefe? —pregunta Vanessa, mientras se pone de pie.

—Así es, lo siento, estoy seguro de que esta no es la reacción que esperaban, sin embargo…no tengo las cualidades para ser un buen jefe, no soy enfático, no tengo carisma, no me interesa convivir con el resto, no me gusta ser protagonista de nada.

Al decir eso, recuerdo a mi abuela y el accidente, así como la razón por la que odio la navidad o ser visible, y cuánto detesto que me pongan al frente de algo. No, esto no es para mí.

—Todo lo que dijiste, se aprende —dice Vanessa bajo la atenta mirada de Alonso—. Y el que admitas que te falta eso, demuestra que serías un buen líder, el no saber qué te hace falta para estar frente a un equipo, eso sí sería trágico.

—Concuerdo con Vanessa. —Alonso cruza los brazos sobre el pecho—. Hagamos lo siguiente: Vanessa te entrenará estos días, en cuanto al manejo de este rol, y me respondes luego de Navidad. Si me llamas, el veintiséis de diciembre, sabré que aceptas el puesto, si no, voy a buscar a otro empleado. ¿Estás de acuerdo?

—Sí, señor, pero no se ilusione. Ahora, con su permiso, voy a terminar mi trabajo de hoy.

Salgo de la habitación, seguro de que no haré esa llamada. Cuando llego a mi escritorio me encuentro de nuevo un turrón con un moño, esta vez, rojo. Lo abro, y cae otra tarjeta, la tomo con un poco de recelo y algo enojado, porque ahora entiendo la verdadera razón de Vanessa para invitarme.

Al medio día vamos a almorzar, y luego al centro comercial.

Pongo los ojos en blanco, porque lo peor de toda esta situación es que sí, quiero pasar tiempo con ella.

—¿Cómo es posible que no te guste el pollo asado? —se queja Vanessa, mientras bebe vino blanco.

—Tampoco me gusta el vino blanco.

—¡Dios, eres totalmente atípico, Mateo! Sin embargo, creo que eso es lo que te hace peculiar e increíble, y es lo que me gusta de ti, aunque no puedo creer que estés rechazando de buenas a primeras la posibilidad de crecer.

—Imagino que para ti debió ser fácil tomar la decisión. Mudarte a Alemania es un gran cambio —digo, antes de comer mi pasta.

—La verdad, te estoy juzgando, siendo que hice lo mismo que tú con este ascenso.

—¿Lo rechazaste? No te creo.

—Sí, verás, mi madre es lo único que tengo y ella sólo me tiene a mí, no iba a ir hasta Alemania sin ella.

—¿Y qué te hizo cambiar de opinión? —pregunto con el tenedor a medio camino.

—Que, con esos números, mi madre podría ir conmigo —dice, y aprieta los labios.

Yo no sé lo que se siente preocuparse por alguien, mis padres murieron de una enfermedad que segó la vida de muchos, cuando yo era pequeño, pero no tengo recuerdos de dolor, ni de sus rostros más allá de las fotos. Quedé al cuidado de mi abuela, con quien viví hasta los diecisiete. Tuvimos un accidente de auto, un veinticinco de diciembre. Ella murió en el instante, no me dio tiempo de pedir su recuperación, de rogar, de rezar. Solo de soñar con que eso nunca sucedió, de desear que la silla de ruedas no haya quedado sobre mi cabeza rodando mientras llegaba la ambulancia.

—¿Estás bien, Mateo?

—No, la verdad —contesto de forma honesta.

—¿Dije algo que te haya incomodado?

—No, no, solo son los recuerdos incómodos, pero ya se van.

Vanessa me observa con cuidado y vuelve a dar un sorbo a su vino. Al ver que como el último bocado de mi plato levanta la mano para pedir la cuenta. En cuanto llega el mozo me dispongo a sacar mi tarjeta y ella me detiene.

—La empresa invita —asegura, así que guardo de nuevo mi billetera—. Bueno, vamos, el centro comercial está a media cuadra.

Me levanto, agradezco al mozo con un gesto y termino siguiendo a la chica, no sin antes admirar su elegancia, y apreciar el sonido de sus tacones contra el suelo. Cuando al fin la alcanzo me paro a su lado y ella me ofrece una media sonrisa.

—¿Por qué odias la navidad, Mateo? —cuestiona sin rodeos

—Mientras que para muchos es un aniversario de nacimiento… para mí, es un aniversario de dolor y muerte —respondo sin anestesia.

Vanessa desacelera sus pasos, pero tampoco se detiene. El sonido de sus tacones ya no es rítmico, solo son pasos lentos, pero fuertes.

—¿Perdiste a alguien especial?

—Me perdí a mí mismo y a lo único que tenía en la vida.

Ella sigue caminando, pero es como si hubiera recibido una mala noticia, como si sintiera dolor, y la verdad es que yo no quería que ella me tuviera lástima, estaba por decirlo, pero ella habla primero.

—Lo siento, de verdad. Ahora entiendo porque eres así, no miras a las personas al pasar, no creas lazos con nadie, te escondes en una burbuja para no sufrir.

—Sí, no me encariño con nadie, si no recuerdo sus rostros me da igual su partida. Sí, es así mismo.

—Nos matas antes de que estemos muertos.

—¿Cómo? No tiene sentido —protesto—. La gente vive su vida, no dependen de mí para saber que están vivos.

—Nunca escuchaste la frase: Tus muertos no mueren, siempre y cuando los dejes vivir en tus recuerdos.

—Eso suena a problemas de apego —respondo con algo de desdén—. No deberías creer que alguien vive cuando no es cierto.

—Mmm, no estoy de acuerdo, Mateo, pero sabes, algún día te tocará cambiar eso. —Vanessa levanta la vista, observa el centro comercial y con un gesto me invita a seguirla.

Dentro es una locura, la gente está histérica, nerviosa, acelerada, otra cosa que odio de la navidad, pero debo admitir que estar con Vanessa hace que reste importancia al loquerío. Visitamos unas cuantas tiendas, ella se prueba vestidos y me obliga a ver corbatas, yo odio las corbatas y amo como ella luce en cada una de las prendas que se pone, pero ninguna le convence.

—¿Por qué me torturas así Vanessa? —pregunto exhausto.

—Tómalo como parte de tu entrenamiento. Se llama paciencia.

Recorremos dos tiendas más, hasta que da con un vestido rojo genial, y claro, una corbata roja que combina. Volvemos a la oficina, yo con cara larga, ella feliz y, aunque no quiera admitirlo, se ve hermosa con ese aire que irradia.

Me paso la tarde trabajando, e intento no pensar en que me siento cómodo con la mujer, no debo acostumbrarme, ella irá en unos días a Alemania, y es mejor no dar importancia a los eventos que ocurran entre nosotros, al fin y al cabo, son solo negocios. Estoy seguro de que busca darme una imagen más amigable, por si llego a aceptar el ascenso.

Los días pasan volando, y al fin llega el veintidós de diciembre. Desde el primer almuerzo con Vanessa todo cambió, salíamos juntos de la oficina, escribíamos para coordinar el horario de almuerzo, hablábamos de tonterías, y de paso, me entrenaba, como ella decía. Me enseñó unas cuantas cosas sobre la empresa, lo que se espera si acepto el ascenso, y otras que más bien tienen que ver con el trabajo en equipo, la tolerancia, y todas esas cualidades que vienen con el liderazgo.

Honestamente caí redondo en lo que no quería caer, porque todos los días solo espero su mensaje, su compañía, sus llamadas de atención a mi pesimismo sobre la vida y sus turrones sobre mi escritorio. Siete días y soy un manojo de emociones que yo mismo desconozco, no puedo creer que por primera vez tengo ilusión de salir de casa, de ver a alguien, de creer en algo.

Subo al coche, y voy a buscarla, tal como ella me lo indicó, a las siete y cuarto de la noche, estoy frente su casa. Debo bajarme del vehículo e ir hasta la puerta, tocar el timbre y regalar a su madre flores, mientras ella baja por las escaleras. Sí, esas fueron las indicaciones.

Tal cual, toco el timbre y su anciana madre abre la puerta, por un momento me parece ver a mi abuela y en mi pecho se produce un gran vacío.

—¡Buenas noches! Así que tú eres Mateo, mi princesa no ha parado de hablar de ti. Dice que eres un cascarrabias.

—Buenas noches —digo, y le paso el ramo de flores sin evitar sonreír—. Vanessa me conoce muy bien —agrego, y aclaro la garganta.

—Eres muy joven y guapo para serlo.

Al terminar de decir eso, Vanessa comienza a descender por las escaleras cual estrella de Hollywood, y yo quedo atontado viendo como la hermosa mujer baja escalón por escalón, generando el ruido potente que sus pisadas componen.

—Mami, Mateo. Mateo, ella es doña Lara, mi madre —la presenta, y da un beso en la mejilla a la mujer.

—Un placer, señora Lara —saludo cuando Vanessa ya se pone a mi lado.

—Bueno, madre, nos vamos, te amo. Cuando volvamos de la fiesta podrás interrogar al caballero, que conozco esa cara, señora.

—Bien, bien, los quiero por aquí juntos, nos vemos luego.

Vanessa vuelve a dar un beso a su madre, la abraza con fuerza y murmura algo. Finalmente subimos al auto.

—Feliz navidad —exclama mientras me pasa un turrón con moño rojo. Lo tomo y pongo el dulce en la guantera.

—Yo no te traje nada, aunque faltan tres días —digo avergonzado.

—Lo sé, pero no trabajaremos estos días, y quería adelantar mi regalo. Yo puedo esperar por el mío.

—¿Y qué te asegura que te voy a regalar algo?

—Presentimiento…

Todo el camino ella parece una niña, no mi madura jefa, esa mujer segura que gusta del vino blanco y regañarme. Canta las canciones que suenan en la radio y hace chistes, los cuales, de verdad son graciosos. Intento no reír, pero ella logra que me salga una natural y sonora carcajada. Cuando llegamos a la fiesta cumplo mi promesa, critico cada decorado, cada detalle, cada canción navideña. Vanessa se encarga de hacerme ver el lado bueno, sin embargo, se la pongo difícil, mis quejas son una lista interminable.

—¡Aquí está mi dúo ganador! —Alonso habla fuerte cuando nos ve comiendo algunos camarones—. ¿Cómo vamos? ¿Estamos convenciendo al cascarrabias?

—*Nop* —contestamos al mismo tiempo.

—Pero aún tengo cuatro días —divaga Vanessa, antes de beber vino.

—Bien, porque solo quedan once días para tu viaje. —Se dirige a ella, y a mí me da una palmada en el hombro—. Te quiero en mi equipo, y Vanessa te quiere a ti cuidando su legado, así que, chico, piensa desde allí. Nos vemos luego.

Alonso se aleja y va junto a sus socios, dejándonos solos a Vanessa y a mí.

—¿Por qué me quieres a mí ahí, Vanessa? —pregunto mientras caminamos hacia el patio del hotel.

—Porque eres bueno haciendo lo que haces.

—Yo programo, Vanessa, y soy bueno porque no trato con la gente.

—No, eres bueno porque le pones pasión, no desmerites tus habilidades.

Me quedo con eso, era lo que mi abuela me decía cada vez que algo me salía bien, y yo lo adjudicaba a la suerte. Seguimos caminando por el patio. De verdad me gusta, no hay mucha gente, la brisa está deliciosa y el verano se hace sentir con el olor a flor de coco en el aire. Esta vez sí es real, porque los cocoteros están llenos.

—Si pudieras pedir un deseo, ¿qué pedirías? —inquiere Vanessa.

Yo volteo sorprendido, lo pienso un segundo y finalmente contesto.

—Creo que recordar… recordar las cosas buenas, antes que las malas.

—Eso es fácil, Mateo… depende de ti.

—¿Y tú?

—Haberme atrevido antes a hablar contigo…

La miro perplejo y me quedo helado, cuando sus labios dan contra los míos, por un segundo me dejo llevar, lo disfruto, pero mi cabeza racional no puede evitar sobre pensar los hechos hasta aquí, la separo de inmediato y la miro con enojo.

—¿Qué mierda fue eso?

—Lo siento si te incomoda.

—Ese es el problema, no me incomoda, pero me enoja, ¿acaso soy tu aventura antes de que te vayas? Una última travesura, la jefa con el empleado.

—No… no, ¿qué dices, Mateo?

—Sabes… esto fue una mala idea.

Ella habla, pero estoy muy enojado como para escucharla; enfadado conmigo por haber disfrutado de ese beso, disgustado con ella por jugar así conmigo, porque se va, y me ilusiona de esa forma. Sé que viene detrás de mí, pero no me detengo. Simplemente salgo de la fiesta, voy hasta donde estacioné mi auto, subo en él, y me voy. Lo último que veo de ella es que levanta la mano para pedir ayuda a un mozo del lugar, imagino, que para pedir un taxi.

No sé por qué, pero el enojo es tal en mi interior, que tampoco tengo ganas de volver al apartamento, así que solo doy vueltas por la ciudad, intento despejar mi mente para evitar pensar en el beso, y dejar de relacionar las decoraciones navideñas con los estúpidos turrones que ella me dejaba. ¡Claro! Simplemente quiere tenerme como perro faldero, seguro soy su experimento, su fantasía antes de irse lejos, y dejarme con el corazón destrozado. No tengo otra explicación. Llevo casi una hora manejando sin rumbo, yendo de un sitio a otro, y dejándome arrastrar por la rabia, casi una hora que se detiene cuando el celular suena. No iba a contestar, hasta que veo que se trata de Alonso, y como estoy tan enojado, quizás ahora mismo debería rechazar la oferta.

—¡Hola! —casi grito con enojo al alta voz del auto—. ¡Sí, ya no estoy en la estúpida fiesta!

—Mateo, Vanessa tuvo un accidente…

Clavo el freno, mi mente se nubla, mis piernas dejan de responder y mi respiración se hace pesada como roca.

—El chófer falleció al instante… Ella fue trasladada al San Lucas, está grave y me preguntaba si aún recuerdas como llegar a su casa para ir por su madre.

—Yo… sí, sí puedo. —Mi cuerpo deja de responder, la bilis recorre cada grieta de mi alma.

Cuelgo la llamada y reconozco el dolor. Recuerdo mis miedos y el por qué no miraba a la gente ni hablaba con nadie, la razón por la que no quería socializar. Porque es este vacío gigante el que queda en medio del corazón cuando el temor a no volverlos a ver invade tu cabeza.

—Ella es lo único que tengo, señor —reza su madre con las manos unidas.

Yo me pregunto en pleno veintitrés de diciembre si vale la pena rogar. La mujer está arrodillada ante un pesebre, en la entrada del hospital, yo miro la escena con dolor y sin esperanzas, mi corazón está despedazado, sobre todo, luego de ver el vídeo del violento choque. El conductor del taxi salió despedido y Vanessa quedó encerrada en medio de esa chatarra, como cuando mi abuela falleció. Recordé el sonido de las ruedas patinando contra el asfalto y el impacto del otro vehículo contra el nuestro. No quiero imaginar lo que Vanessa habrá vivido o sentido.

—Parientes de Vanessa Viachi —llama un doctor.

Ayudo a la señora Lara a ponerse de pie, ella apenas camina, con un pesar sobre la cabeza, yo también estoy así. La verdad, es que ya no tengo esperanzas. Ninguna. No imagino un escenario favorable, no luego de ver ese vídeo.

—Señora, su hija está en la unidad de terapia intensiva, tiene varios huesos rotos y la tuvimos que inducir al coma porque sus órganos vitales no responden. Sin embargo, ella es joven y fuerte, los médicos haremos lo posible, pero es mi deber decirle que no sabemos como evolucionará…

—Creo en los milagros, doctor —dice la mujer—. Si ella sigue viva es porque vivirá, lo sé.

Escuchar a la madre de Vanessa me destroza, porque yo no tengo esas esperanzas, mi mente se prepara para lo peor y eso me está comenzando a hacer mal. Me siento culpable, si no hubiera actuado como un niño de doce años, aún estaríamos de fiesta, yo la hubiese llevado a su casa y esto no estaría pasando.

❀❀❀

—¿Por qué te empeñas tanto en ir a la iglesia abuela? —cuestioné mientras comía el pan dulce del veinticuatro.

—¿Por qué no? Hoy es navidad, y la navidad es para agradecer, yo estoy agradecida con la vida, porque me dio la oportunidad de ver a mi nieto recibirse con honores del colegio.

Arrastraba la silla de ruedas de mi abuela hasta el taxi que venía a recogernos.

—Agarra la flor de coco —me ordenó señalando el pesebre, obedezco y se la pongo en el regazo—. El día que yo me vaya, quiero que sepas… que voy a vivir en el aroma de la flor de coco.

—¿Qué dices abuela? Falta un montón para que te vayas, aún debes ver como tu nieto se convierte en el mejor programador del mundo.

—No hace falta hijo, yo tengo la certeza de que grandes cosas están destinadas para ti, solo espero que las reconozcas y no las desaproveches. Por lo general olvidas que eres valioso y agradeces a la suerte, olvidas que eres hábil.

—Otra vez con el discurso…, pero ¿sabes qué? Tienes razón.

La ayudé a acomodarse en asiento trasero, puse la silla de ruedas en la cajuela y subí al taxi, así comenzamos nuestro viaje. Mi abuela tenía la flor de coco en su regazo, y ese aroma me daba paz, pero pronto esta fue interrumpida por el estridente sonido de los vidrios rompiéndose, la goma de los neumáticos raspando el asfalto y mi cuerpo siendo expulsado del vehículo, un veinticinco de diciembre. La silla de ruedas sobre mi cabeza y el cuerpo adolorido fue el sello de una promesa: nunca más abriría mi alma a una ilusión.

Los días pasan y, aunque estable, Vanessa sigue en la unidad de terapia intensiva. Empiezo a rezar con doña Lara, no tengo esperanzas, y mucho menos se me había ocurrido implorar Dios, mi corazón se resquebraja con la ilusión de una noticia positiva.

Debió pasar algo terrible para que me diera cuenta de que en verdad la oficina es un equipo, de que aprecian a Vanessa y que están para ayudar. Todos nuestros compañeros de trabajo se turnan para apoyar a doña Lara, también traen comida y elementos de primera necesidad, la verdad que, no es hasta ahora que caigo en la cuenta de cuán poderoso es el rol de una buena persona, de un buen líder.

Con su madre decidimos esperar la noche buena ante el pesebre, orando por la recuperación de Vanessa, esperando un milagro. A decir verdad, por primera vez en mi vida aguardo por uno. Cuando las bombas y fuegos artificiales anuncian las doce de la noche, una enfermera se acerca a nosotros, y esta vez no pienso lo peor, solo guardo mis esperanzas. El nerviosismo y las ganas de que todo salga bien carcomen mi ser.

—Vanessa acaba de pasar a sala intermedia, y despertó del coma inducido, creo que no hay mejor momento para decirles esto: ¡Feliz Navidad! Ya les avisaré cuando podrán verla.

Mis ojos están empapados y los de doña Lara también. Sin más, sin pensar, nos fundimos en un abrazo profundo, hasta que vi a Alonso llegar. Su madre está feliz, habla con el hombre con alivio y con gran amor hacia Dios. Si hace unos meses me hubieran dicho esto, estoy seguro de que no creería, pero ahora mismo, mi ser se ha elevado tanto, que solo puedo coincidir con la mujer.

—Los dejo un segundo, tengo algo que hacer —aviso secando mis lágrimas de felicidad.

Camino hacia el estacionamiento, subo a mi auto y comienzo a llorar, trato de tapar mis fugas de dolor, haciendo lo posible para no sentirme miserable, culpable, adolorido de no haber disfrutado de los buenos momentos… sí, ella está viva, pero ¿no hubiera sido mejor vivir la navidad con otro tipo de ilusión?

Levanto la cabeza, y veo el turrón sobre el tablero, estoy seguro de que lo tenía en la guantera, pero quizás lo quité en algún momento de dolor. Lo tomo, desato el moño y la tarjeta cae en mi regazo, miro la nota con los ojos húmedos, mientras los sollozos se hacen más fuertes.

No me dejes morir, antes de irme. Feliz navidad, señor cascarrabias.

Vanessa no sabe que no como turrones porque soy alérgico al maní, pero es hora de que le diga que he guardado cada uno como si fueran un tesoro, uno del que ahora ya no me quiero despegar.

Creo que, por fin, la navidad va a tener otro significado: Esperanza.

FIN

Condena Navideña

VICTORIA UNGER

Zapateo con fuerza mis botas en la alfombra de la entrada, debido a la nieve que tenía encastrada en las zuelas. Toco la puerta y al no recibir respuesta, insisto y esta se abre con lentitud. Asomo la cabeza para observar el interior y, al no ver a nadie, con un poco de duda, ingreso. Cierro detrás de mí y dejo mi abrigo colgado en el perchero que se encuentra en la entrada.

Un gran pasillo repleto de velas y cuadros antiguos decoran las paredes. Me recibe la alfombra roja con diseños navideños, que me hacen sonreír. Es como si fuera parte del suelo de madera lustrada.

En la invitación secreta decía: a las nueve de la noche del veinticuatro de diciembre, pero, al parecer, con mi retraso, igual soy la primera. La tarjeta me llegó la semana pasada, esta tiene una muy linda decoración y pensaba que se trataba de algún amigo mío, pero al no conocer la dirección, empecé a dudar. Tiene mi nombre impreso en ella, así que es para mí. Estoy emocionada por averiguar quién la envió.

—¿Hola? —llamo, y mi voz retumba de manera exagerada en el gran pasillo. Eso me provoca un pequeño pánico.

Decido buscar a alguien para poder estar más tranquila. La casa es gigante y de un estilo victoriano. Tiene ese olor a madera que solo a los amantes de ella les provoca cosquillas en el estómago, como si fuera un dulce para que caigas en la trampa. Está tan bien ambientada, que me impresiona y fascina.

Mientras veo de encontrar alguna señal de no ser la única presente, mis manos empiezan a buscar la invitación para ver si estoy en la casa correcta. Al no encontrarla, empiezo a desesperarme, ya que la coloqué justo en uno de los bolsillos del pantalón que llevo puesto, antes de salir de casa.

Un fuerte sonido se escucha a mis espaldas, por lo que volteo a una velocidad impresionante, provocando un dolor agudo en mi cuello por el movimiento brusco. Me toma unos segundos concentrarme de nuevo en la razón por la cual giré hacia la dirección contraria del camino que tomé.

—¿Hola? —mi voz, a pesar de sonar clara y fuerte, suena un poco desconocida para mí—. ¿Alguien está ahí?

Por un momento, pienso en salir de la casa, sin embargo, la siento tan cómoda y no encuentro una razón para sentir miedo. Así que, a pesar de haberme asustado del ruido, camino hacia la dirección de donde este provino.

Las llamas de las velas tiemblan un poco a medida que voy avanzando. Todo en la casa se ve igual, hasta diría que es como un laberinto. Una gran chimenea encendida capta toda mi atención. Su calor hace que, sin pensarlo, me acerque. Froto mis manos frente al fuego. Las medias que cuelgan del hogar, con diseños de estrellas y reyes, se encuentran como decoración en este espacio.

Se ve muy bien armada la decoración navideña. Mi niña interior se emociona al ver a los renos de Santa en una esquina, brillando de varios colores.

Los cuadros se ven un poco aterradores por los dibujos que tienen. Uno de ellos tiene unas bellas y llamativas mujeres, y entre ellas se miran con cierto recelo. Otro, demuestra el enojo en una persona… como si estuviera explotando. Mis pelos se ponen de punta con solo verlos.

Qué extrañas obras.

Es, en ese momento, que siento como un suspiro roza mi cuello, provocando que gire y sienta de nuevo ese pánico. Mis ojos se encuentran atentos a todos lados. Vuelvo a sentir ese suspiro. Me aparto de la chimenea y retrocedo unos pasos, mirando los colores cálidos que bailan dentro de ella.

—Esto no es muy seguro…—susurro con la garganta seca, como si algo hubiera absorbido toda el agua que mi cuerpo tenía hace segundos atrás.

Tomo la decisión de salir del lugar. Camino de nuevo hacia la puerta por donde entré, pero me pierdo un poco por el parecido de todos los pasillos. Una vez observo mi abrigo colgado en el perchero avanzo más rápido; sin embargo, mis pasos se detienen de golpe.

No hay puerta. No está la puerta.

Mi sangre se congela del pánico. Mis músculos se encuentran totalmente tiesos. Me siento incapaz de poder moverme. Me siento muy confundida. La pared se encuentra totalmente vacía, como si algo le faltara.

El sonido de la madera hace que me duela el cuerpo de lo tensa que estoy. Escucho pasos y, debido a ellos, el crujido del suelo. Suenan pisadas pesadas, cansadas, como si estuviera esforzándose al moverse.

Intento no alterarme, intento pensar que puedo encontrar otra puerta… o ventana. Miro con cuidado el pasillo, asegurándome de que no se me vea.

No hay nadie.

Sin pensarlo mucho, empiezo a orar con fuerzas en silencio. Pido llegar con vida y sana a casa. Que nada de todo esto sea peligroso. Mis ojos arden porque me causa mucho miedo qué pueda pasar si no salgo a tiempo.

—Tranquila, tranquila —me digo a mí misma. Tomo unas respiraciones, tratando de calmar mis nervios.

Cuando me encuentro un poco lista, salgo hacia el pasillo. Camino con lentitud, sin hacer ruido. Busco una puerta y entro, ella hace un ruido escandaloso que provoca que me paralice por unos segundos; la cierro rápido cuando me percato que me quedé afuera por varios segundos. Analizo el lugar y encuentro una ventana que da al patio delantero.

—¡Si!, eso es. —Me emociono.

Me acerco y, con fuerza, intento levantar el vidrio. No abre. Busco a mi alrededor algo pesado y grande, para poder romper el vidrio. Al encontrar una lámpara de mesa, bastante gruesa y pesada, avanzo para hacer añicos el cristal. Cuando volteo hacia mi objetivo, el objeto cae de mis manos y mis ojos, al igual que mi boca, se abren…

Pego un grito que me ensordece por unos segundos y el miedo se apodera de cada rincón de mi ser. Siento como el grito hace que mi cuerpo hierva. Es como si estuviera por desvanecerme.

No es real. Es tu imaginación.

Tropezando, salgo de la habitación, como puedo abro la puerta e intento encontrar un lugar para esconderme. Al no encontrar otra habitación, empiezo a llorar en silencio, con pavor a que me escuche y venga por mí.

—Dios, ayúdame… —suplico—. Sálvame.

Veo, en ese momento, unas grandes puertas al final del pasillo. Sin inspeccionar abro como puedo y entro; cierro con mis manos temblando.

Un banquete, con velas y comida, me recibe. La mesa es impresionante…

Mi cuerpo salta al escuchar la música clásica e intento encontrar de donde viene para apagarla. Sin éxito alguno, empujo una mesa, con un mini santa y sus regalos en la madera de esta, en la doble puerta, para impedir el paso. Me siento muy asustada y no sé qué hacer en este momento.

Decido, extrañamente, admirar un poco el banquete antes de salir del lugar. Algo desconocido llama mi atención, es como una necesidad por ver y probar lo que se encuentra como ofrenda. Olvido por un segundo donde estoy y qué vi en la ventana. Es una cena navideña de ensueños. Una que quieres disfrutar con tus seres queridos, en un ambiente amoroso y cómodo. Donde puedan conversar libremente de sus pensamientos, actividades y deseos.

El lugar tiene candelabros gigantes iluminando todo. Las paredes tienen espadas y cadenas, cosas que me asustan aún más.

No es hasta que observo el primer plato, que me percato que están llenos. Mi estomago hace un ruido, haciéndose notar, pidiendo que se obedezca su pedido. Tomo asiento y agarro el tenedor, pinchando la rica papa junto con otras verduras. Sabroso, caliente y perfecto; un manjar nunca antes probado por mi paladar.

Sigo degustando los siguientes platos que se encuentran llenos, hasta vaciarlos. Es curioso que solo siete de ellos están cargados, el resto está vacío. Cierro los ojos un segundo, sin poder creer que acabé con toda esa comida y siento que no he comido tanto, sino lo contrario.

Al levantarme, dejo la servilleta con la que limpié mis labios al finalizar y, es ahí, cuando observo el último plato que terminé. Me siento confundida y mareada. La palabra Soberbia se encuentra escrita en rojo en la cerámica. Miro rápidamente los otros, y están escritas… Avaricia, envidia, gula, ira, lujuria y pereza…

Por el rabillo de mis ojos veo algo pasar. Siento una fría brisa chocar con mi cuerpo.

—Por favor, no…

Las velas se apagan en ese momento, quedando a oscuras. No hay forma de ver. No me muevo de donde estoy, me agarro con fuerza de la silla. Casi no respiro por miedo a que se me escuche, solo que me es muy complicado por los nervios a mil.

—Celeste…

Mi corazón se detiene al escuchar una voz que desconozco a qué genero pertenece. Mi nombre salió de un escupitajo, con rabia, con la voz raspada de solo pronunciarlo. Como si nombrarme fuera una tortura.

—¿Qué…? ¿Qué quieres de mí? —tartamudeo.

—Eres muy débil, sucumbes con facilidad a las tentaciones.

—Es propensa a pecar —dice otra voz.

—Ella permite que el mal la guíe. —Más voces suenan en la oscura habitación.

—Nombras a Dios como si fueras una fiel seguidora. Pero vives, respiras, tocas y comes pecado… Vives del mal y del bien.

—A costillas del bien —corrige otra voz, que al parecer se encuentra más cerca de mí.

Sin creer lo que está pasando, sintiendo cómo se me agota la energía, cierro los ojos. Con todo mi ser, trato de no irme y mantenerme parada.

Las velas se encienden, iluminando la sala. Parpadeo un par de veces para acostumbrarme a la luz y elevo la mirada. Me produce mucho horror ver a estas criaturas. Son cinco… cinco…

Uno de ellos camina hacia mí, por lo que, sin dudar, retrocedo. Se queda quieto e inclina la cabeza. Sus movimientos demuestran sus intenciones. Se siente terrorífico el ambiente, se siente pesado.

Son muy altos, totalmente blancos como una perla; no tienen curvas, genitales o rostro, ninguno de ellos posee uno.

Al mismo tiempo, empiezan a mover sus pies en mi dirección, yo corro hacia la otra punta de la habitación y, con suerte, encuentro una salida. La misma da al maldito pasillo, pero sin importarme nada, sigo huyendo; buscando la forma de escapar de esas criaturas.

Encuentro otra ventana, con mi codo trato de romperla, pero esta parece de otro material, porque no se quiebra. No veo señales de que me estén siguiendo. Sin confiarme, de igual manera, sigo apresurando mis movimientos y volteando cada tanto.

Uno de los cuadros capta mi atención, al ver que la imagen se mueve, siento como si todo el peso de mi cuerpo cayera a mis pies. Tapo mi boca para evitar hacer ruido con el grito de espanto que se me escapa.

Es irreal…

Hay alguien adentro, pidiendo ayuda, golpeando el cuadro. Acercándome, con el cuerpo temblando, leo el pequeño título que tiene este… Envidia. Ese es su nombre.

Con espanto observo los otros. Están repletos de personas pidiendo ayuda, con distintos pecados. Mis ojos arden, mis labios tiemblan y mi cabeza palpita de todo lo que está ocurriendo.

El sonido de la fuerte música navideña hace que empiece a retroceder, sin dejar de mirar los cuadros.

—¿Conocen la salida? Por favor, —pido ayuda—necesito salir…

Veo como algunos empiezan a señalar detrás de mí, mientras que otros siguen con su lamento y desespero.

—No hay nada —digo al inspeccionar.

Vuelvo a mirarlos y estos me insisten… Empiezo a tocar las paredes, con mis dedos trato de deslizar con el menor ruido posible, lo que parece una puerta. Cuando logro empujarla por completo, veo unas escaleras hacia arriba.

Como tienen iluminación, entro sin dudar, e intento cerrar de nuevo, pero es imposible. Decido agradecerles y apurarme para subir las escaleras. Llega un punto donde no doy del cansancio, sin embargo, sigo. Me siento un poco esperanzada al abrir una puerta de metal, bastante pesada, y encontrar la azotea de la casa. Me asomo para calcular la altura, y así ver la forma de bajar; al darme cuenta de que es imposible bajar sin una escalera, me empiezo a preocupar.

El cielo cambia de color, el ambiente se vuelve más oscuro… El silencio y movimiento del cielo, de los relámpagos, hacen que sienta una extraña sensación en el pecho, como si supiera estas cosas.

Un rayo cae con fuerza frente a mí, haciéndome volar unos metros y golpear mi cuerpo con fuerza contra el suelo. Suelto un sollozo doloroso, sintiendo cómo mi piel arde, y mi hombro pesa. Me arrastro con mucho dolor hacia donde hay techo, para evitar otro impacto de esa o mayor magnitud.

Otro rayo impacta cerca de mí, haciéndome volar de nuevo. Termino donde quería llegar, donde está cubierto. A pesar del ardor y el dolor que empiezo a sentir en el hombro, me acomodo hacia un rincón, para así esconderme.

Herida y adolorida… ¿Cómo haré para escapar?

Me sobresalta otro rayo, pero es más fuerte y luminoso, solo que esta vez, no es lo que llama mi atención, sino las criaturas que se encuentran ahí, con sus cuerpos en mi dirección. Siento que ellos me ven y escuchan.

Se comunican conmigo telepáticamente, por eso siento con tanta claridad la voz de todos ellos.

—Hay cosas que no se pueden cambiar cuando nunca aprovechaste las oportunidades. Los mortales son dueños de sus decisiones, por lo tanto, si fallan, tienen que asumir sus errores, hasta pagar por ello —habla uno de ellos.

Lágrimas calientes se deslizan por mis mejillas.

—Traicionaste a muchas personas, marcaste la vida de inocentes… Querías cosas innecesarias y sin importarte cómo, te dabas esos lujos. Ibas a rezar para pedir salud y dinero, cuando tú le robabas eso a quienes más necesitaban.

—No eres una víctima, no eres alguien que merece piedad… Así como castigabas a otros por caprichos tuyos, permíteme hacerlo, solo que esta tendrá una versión distinta —acusa otro.

—Aquí se castiga a aquellos que torturaron, que se burlaron y que cometieron pecados capitales. Tú sola caminaste por el camino del pecado, así como viniste aquí…—menciona el que se encuentra más apartado.

Una fuerte corriente de aire hace que casi me mueva de mi lugar. El cielo resplandece de color violeta con luces blancas. Es como si fuera a partirse en dos.

—Esas personas —vuelvo mis ojos a ellos—, hicieron lo mismo que tú harías. Te mandaron aquí, sabiendo que ellos llegaron a este punto también. Lo hacen por ira, porque no pudieron escaparse, y quieren que otros tampoco lo hagan, por envidia a que logren salvarse.

Mi corazón se rompe.

—No, no es así. Yo sí ayudaría. Yo sí querría que ellos escapen.

—Para que vengan a salvarte —interrumpen todos juntos.

Me quedo en silencio. Prefiero no decir nada. Siento cómo pierdo fuerzas poco a poco. No sé qué pasará conmigo ahora, y tampoco quiero saber.

—Recibiste tantas señales, como todos los mortales que en algún momento eran fieles a Dios, que te ayudó muchas veces…

—¿Ustedes hacen justicia por él? —grito con impotencia—¿Por qué él no viene y me lo dice?

Se mantienen en silencio.

—Porque no está en manos de Dios. Queda fuera de él cuando no es un fiel. Estás sola en esto.

—La historia se repite siempre, en diciembre, época donde reflexionamos y queremos lo mejor para los otros, como para uno. Diciembre, el mes donde otros, en vez de cambiar, empeoran.

Siento cómo sus palabras se clavan en lo profundo de mí, como la verdad quema mi carne y mi piel. Cada parte que tengo se despedaza al darme cuenta de lo que está pasando, de quién soy y qué hice… Pero no siento nada…

—Es hora —dicen.

Se acercan hacia donde me encuentro tirada y pataleo para que no me toquen. Al sentir su tacto, grito. Sus manos me queman a pesar de llevar ropa de invierno. Me arrastran sin importarles mis gritos desgarradores. El olor a quemado se hace presente.

Me sueltan donde cayó uno de los relámpagos. Me rodean, y es ahí donde sé que es mi fin.

—Por favor…—suplico entre sollozos—. Déjenme libre.

Una voz retumba en mi cabeza, dejándome tiesa y perdida.

—Hija mía, te enseñé los caminos correctos. Te ayudé dándote la mano en tus peores momentos, y en los buenos te acompañé como un padre. Les doy libre albedrío para que actúen sin sentirse atados. Así que, todo lo que uno haga, bueno o malo, tiene un beneficio o una consecuencia. Espero que después de esto, puedas cambiar para reunirte conmigo. Quiero tener a mis hijos en casa. Te amo, Celeste.

Cuando la voz se detiene, mi alma colapsa, así como mi yo interno llora… Decepcioné a quien más me cuidó y amó…

—Lo siento mucho… Siento haberte fallado.

Vuelven a sostenerme y sin evitarlo, grito. Soy un desastre en este momento. Me llevan al borde de la azotea, dejan mi espalda recostada contra el borde y forcejeo con miedo a que me lancen.

Una suave brisa, un olor a jazmín, un viaje de sentimientos… Es ahí, un claro ejemplo, de dónde deberíamos estar.

Murmuran palabras en un idioma que desconozco. Estoy por desmayarme del dolor y el cansancio. Estoy a nada de irme y no luchar más. Arruiné mi relación con él, todo por querer más y conseguirlo sin trabajar con esfuerzo y sudor. Celé de forma enferma a todos los que estaban mejor que yo. Deseaba cuando no era necesario. Quería que todo sea fácil, prefería quedarme en casa en vez de trabajar de forma honesta por lo que quería. Me destruí sola. Ignoré la ayuda de él y de otros que realmente me querían. Soy todo aquello que merece sufrir por haber disfrutado a costillas de los inocentes.

Merezco lo que estoy viviendo, porque yo me reía de las lágrimas de aquellos que me suplicaban.

Tengo merecido esto, porque disfrutaba hacer daño.

No tengo porqué ser salvada, al final, necesito una condena por haber lastimado y pecado.

Todos pueden ser fieles seguidores, no es complicado. Lo difícil es pasar por esto, el fallarle a tu padre, quien ama a todos sus hijos por igual, con amor puro y real.

Perdóname, señor.

Dejo de sentir dolor, dejo de sentir esa brisa y esas manos que tenía encima. No hay ruido, no hay miedo. No hay… nada.

Abro mis ojos.

El espacio donde me encuentro es chico, frente a mí veo uno de los pasillos. Me acerco, confundida, preguntándome: ¿cómo llegué aquí? Las palabras: avaricia, envidia, pereza y lujuria, van al centro de lo que parece un marco.

Estoy dentro de un cuadro…

—Es momento, Celeste. Ahora sentirás lo que a otros provocaste. Así comprenderás y realmente te arrepentirás de todo aquello que causaste. —Escucho una de esas voces que provenían telepáticamente de las criaturas—. Que Dios se apiade de ti.

Y ahí es donde se desata todo.

FIN

Polvo mágico

MARCOS B. TANIS

Han pasado como quince años desde que nadie se reúne en las festividades importantes como: el día del amigo, del trabajador, el día de la madre o año nuevo y navidad, era triste saber que las costumbres se hayan perdido por mil excusas que solo servían como algo anecdótico.

Creía que esa navidad podría ser diferente, era un escéptico como todos, pero eso no le sacaba lo nefelibata.

Un mañana cualquiera despertó con nuevas energías y algo lo impulsó a que cometa algo grandioso, a Claudio se le prendió el foco y pensó en una idea genial para reencontrarse con sus hermanos que hace millones de años no les veía, su madre había cumplido 82 años hace poco. Él sabía que no era una cuestión fácil, pero eso no significaba que tampoco se pueda cumplir a cabalidad, porque a pesar de ser una magnífica idea al transcurrir los años; todos heredaron virtudes y defectos, nadie quiere ser menos ni más, pues todos quieren ser como los demás y en efecto los demás quieren ser como uno, pero sin sus defectos, él no quiso convertirse en ese porcentaje de todos, era la gota del océano, parecía que era ínfimo y no haría diferencia, pero siempre lo errado está en el prejuicio.

Era evidente que existía comunicación entre todos, sin embargo, un texto jamás sería comparado con algo presencial o sentirse frente a frente dialogando sobre situaciones superfluas, a excepción de noticias positivas como lo que estaban por recibir.

No era un docto en escribir, pero el mensaje era lo que más importaba antes que las sintaxis ni la perfección de sus escritos.

Así que, sacó tres hojas, preparó los sobres e inició su empresa.

Ana

—¡Has recibido una carta mamá! —le grita su hijo que no deja de jugar *fortnite* en el celular y solo se dicta a avizorar del paquete.

—¿Sabes quién es el remitente? —interroga su madre que en ese momento regaba las plantas de su jardín, ese día hizo un calor infernal y temía que sus plantas muriesen.

Ni siquiera recibe contestación de su parte, pues su hijo está embelesado por la pantalla del celular, energúmeno y con los ojos saltones.

¡Qué mierda es el tema de la tecnología! —exclama—. Ella rompe el sobre sin preocupación y lee el siguiente texto…

Ana
Ve a la costanera de Asunción el 24 de diciembre a las 20.00, allí te espera un tesoro. No te asustes, no es nada malo.

«¿Qué significa esto?», pensó. Quedó en su lugar medio aletargada, no comprendía qué o quién la citaría a ese lugar, pero algo le decía que debía ir de todos modos, un poder extraño como un imán que la atraía para que siga sus instintos más extraños.

Ocultó el sobre, no quiso que nadie descubra ni insinúe y lo peor que podría imaginar que se tratase de una broma de mal gusto e iba a ir al santo botón. De ese modo, siguió con sus quehaceres, amando el jardín.

Lucrecia

Ese día era tan monótono como siempre, las calles parecían desiertas y ni un alma recorre por esos lares, de pronto ve que llega un sujeto en su motocicleta, el hombre primero otea si el número de casa corresponde con lo que dice en el sobre, quizá era algo importante y no quería errar en la entrega, mira una y otra vez para asegurarse, se percata que todo está bien y busca el orificio de entrada del buzón, deposita el sobre y se marcha raudamente. Solo las huellas quedan impregnadas en el suelo y el sonido del caño de escape desaparece en el espacio.

Lucrecia deja a un lado el libro que leía en ese preciso instante (era asidua lectora de novelas románticas, estaba leyendo en ese instante Hasta que me pidas de Charlize Clarke), necesitaba saber por qué le llegó "eso", algo le llamaba como si fuese movida con cuerdas de titiritero y sentía una corazonada extraña que le decía que era importante y vaya por él. Eso le provocó un calosfrío como pocas veces sintió. En ese momento estaba sola y casi desamparada, su marido hacía tres años y un poquito más había muerto por un problema que le aquejó y acabó con su vida, —cáncer de

próstata—, sus dos hijos se casaron después de los veinte y ya no la visitaban más después de que decidieron independizarse, parecía como un boomerang con lo que hizo en el pasado y recibía el mismo efecto por el propio destino.

Sale con su bata y sus chancletas con figuras de animales puestas, era una buena vecina y nadie la juzgaba por su vestir ni por su porte de anacoreta, además, se compadecían prácticamente de ella por su soledad de antaño.

Vio que el sobre no tenía remitente ni nada que demuestre que iba dirigido a ella, eso la alertó, pero no la atajó a que lo siga abriendo de todos modos. Decía la carta:

Lucrecia, sé que no ha sido nada bueno para ti todos estos años, pero por favor, ve a la Costanera de Asunción el 24 de este mes, a las ocho de la noche, te espera algo importante y quiero a como dé lugar que estés ahí por favor.

Abre los ojos como platos, no podía discernir si era algo peligroso o algo bueno aquella carta, ¿quién tenía algo importante para ella si no hizo nada importante para que reciba un reconocimiento o algo por el estilo?, además, ¿por qué en la víspera de Navidad y en ese lugar en específico?, hizo un gesto de que parecía algo de mal gusto o esa presunción inverosímil.

Las pulsaciones empezaron a latir con fuerza, una amalgama de emociones surtió en ese lapsus, suspiró hondo, se tranquilizó y se dispuso a regresar, el perro del vecino ladraba continuamente, como si auguraba algo malo en aquel acontecimiento sin precedentes.

El cielo estaba limpio, el viento acariciaba su rostro, en la lontananza nubes dispersas que se alejaban para que el éter muestre toda su magnificencia, Lucrecia ingresó de vuelta a su casa, con el Jesús en la boca y con un desasosiego tremendo.

El libro que estaba leyendo lo dejó tirado en cualquier parte (no porque no era importante), la carta la dejó en ese estado de trance donde lo transportó hacia un mundo desconocido, aunque la desconcertó por completo, estaba pensando en repararse el pelo, maquillarse, ponerse su mejor vestido, quizá era algo bueno que lo esperaba de tantas maldades que existían en el mundo.

Al menos eso pensó en su forma más negativa.

Rigo (el más viejo de los hermanos)

Después de que su club haya perdido no quería ni verlos a las personas a su alrededor y fruto de ese poder impensado, produjo un campo magnético y nadie se acercaba a él, quizá por temor, quizá por aprecio, Rigo esquivaba a su familia y no aceptaba chácharas de nadie. Su fanatismo lo llevaba a puntos estratosféricos de la ridiculez y su esposa e hijos temían en cierta medida que se enferme o le dé un patatús cada que jugaba Olimpia, siempre estaba entre la línea que rozaba la vida-muerte y no aprendía la lección de que hay cosas menos importantes que otras y viceversa.

Igual, la vida continúa siempre...

Faltaban tres días solamente para la nochebuena, fue al mercado cuatro para proveerse de lo necesario para esa fecha tan especial para cualquier persona en el mundo, como siempre sucedía, última hora iba (algo que les caracterizaba a todos los paraguayos, sin excepción alguna, no importaba estatus social, etnia o raza), compró: sidras, pan dulce, frutas para el clericó, carnes, cervezas, ropas y una pieza del pesebre que rompió *Toby* cuando estaba jugando una tarde pensando en que eran figuras humanos o monstruos, ¿quién sabe?

Regresaba al vehículo que lo dejó a cuatro cuadras, tenía una sarta de bolsones atiborrados al máximo de cosas. Además, tenía que pagar por un «cuida coches» que apareció de la nada con su trapo de color naranja ordenando el tránsito.

De repente y de la nada, un vendedor de Bingo se le acercó...

—No, gracias, ya compré —mintió—, para que el sujeto se alejara y él se lavara las manos como Pilato.

—Esto es para usted —tenía un sobre en la mano herméticamente cerrada, que extendió para que él lo reciba—, un hombre me dijo que le dé, me dejó una propina y nada más.

—¿Un hombre?, ¿dijo que me conocía? —Su semblante cambió por completo, las personas, sin embargo, se cruzaban entre idas y vueltas en miles de pasillos, una muchedumbre como cada año en esas épocas, algunas parecían pacíficas, otros lanzaban improperios al viento.

—Nada más señor. Lo siento —se disculpó, quizá su buena acción tenía una parte negativa y él vio eso, antes que el vendedor vea lo positivo.

Él lo tomó sin ganas, más se molestó porque tenía un montón de bolsas a cuestas y una carta de desconocido era el acabose de la yeta de ese día. Le pareció extraño el actuar de aquel hombre, como si fuera un espía o algo así.

Dejó sus compras en la parte trasera del automóvil, fijó su vista a ese sobre cerrado, ingresó en el habitáculo y se dispuso a romper aquello, sin dejar de sentir un mal augurio.

El contenido del papel doblado decía:

Rigo

¿Recuerdas cuando conversábamos sobre física, anatomía y la vida después de la muerte?, ¿qué te parece si lo volvemos a rememorar? No te pido mucho, sino lo necesario. Antes que sea muy tarde, te espero en la costanera a las 20.00 en tres días.

Rigo estaba consciente de que se trataba de su hermano Claudio, con quién siempre divagaba sobre temas abstractos como los que citó en la carta. ¿Qué quería después de más de una década ausente?, ¿de qué trataba ahora? Recordó que siempre se metía en problemas y él muchas veces tuvo que interceder para defenderlo de sendos golpes, eso significó que ligó por su culpa y aún quedaron marcas de sus peleas en el pasado, no obstante, en aquel momento no pensó en eso, sino, en defender a toda costa a su hermano menor sin importar lo que sucedía en ese instante.

Viajó mentalmente a esa época en que conversaban sobre diferentes temas, era el *big bang*, una pregunta y una respuesta, un error y un aprendizaje. «¡Qué tiempos aquellos!», pensó por un breve instante.

El día pactado…

No era una tarea fácil verse las caras después de tanto tiempo y la acción de Claudio no significó que quería ser trascendente como Buda, sino, quiso creer en que se puede cuando se quiere; lo bueno de aquella empresa es que todos aceptaron a venir y nadie inventó ninguna excusa, lo más simpático que al principio parecía una hora fúnebre, semblantes sombríos y melancólicos, rostros desfigurados y arrugados, canas de por medio, rechonchos, sin embargo, pasado el tiempo eso mismo fue objeto de burlas entre ellos que hicieron notar una sonrisa.

Puede que todos hayan cumplido con lo que el azar quiso, pero a cada uno les sedujo: la ambición, el egoísmo, la destemplanza y muchas sensaciones que marcaron un antes y un después en sus vidas.

Quizá al ver allí a las personas reunidas en la víspera de navidad, con las luces en todas partes, parapentes multicolores, globos con helio que ornamentaban el cielo con sus luces y un árbol gigante en medio de la calle retrotrajo a un pasado hermoso donde no importaba desacostumbrarse ni preocuparse por cuestiones de la vida.

Claudio era el artífice de aquella reunión peculiar y en el lugar menos pensado, citó a esa hora a sus hermanos porque después cada quién debía pasar al lado de su familia, respetaba esa condición de elección y selección, era primordial dar cabida a la presunción de felicidad antes que la salvedad efímera de la infelicidad.

Después de saber un poco de cada uno, sus vidas recientes, sus medio problemas, sus situaciones actuales, les pidió a todos que presten atención y dijo que les mostraría algo.

Sacó de su mochila atiborrada un frasco blanco con figuras rosales, todos miraron atónitos e intuyeron al unísono de qué trataba todo eso, ese ocultismo que los llevó hasta ahí esa noche tan especial.

—Es la ceniza de mamá, lo siento —con el nudo en la garganta evitó derramar una lágrima de desconsuelo—, no les quise reunir de este modo, pero ella estará contenta en el lugar que esté y sobre todo que haya ocurrido este milagro, el de estar juntos una vez más.

En ese preciso instante empezaron a sollozar, hasta Rigo, que era el más fuerte y gruñón de todos, se acercaron y posicionaron sus manos sobre el frasco que contenía el polvo de estrellas de su madre y que próximamente lanzarían al río Paraguay para que esparza su alma convertida en cenizas y que trascendería lejos de este ruido.

Era un momento único, un paisaje hermoso y cuando cayeron los restos al río, un viento extraño los acarició, como si su madre se metamorfosease en un todo para regresar a la nada, hasta el último momento sintieron su presencia y agradecieron que ella nunca les dejó de lado, mientras que ellos sí y eso les entristeció.

Empezaron a acordarse que fue ella quien siempre estaba más preocupada que nada falte en esas navidades, regalos para cada uno, el pesebre, las bombitas para que disfruten, de preparar comida en abundancia, de rezar el Padre Nuestro, sobre todo de estar todos juntos y pedir para que todo les salga bien cada año, era un deseo lleno de positivismo y el universo entero conspiró para que suceda de ese modo.

Los transeúntes pasaban y veían la tristeza en sus rostros, no podían hacer más que fisgonear qué ocurría, tampoco querían inmiscuirse en asuntos que no les pertenecían, en el fondo se oía una música navideña, más allá las luces de los juegos artificiales ornamentaban el cielo nocturno.

Las horas pasaban y todos debían regresar, esparcieron las cenizas de su madre y dieron fin a algo que siempre quiso ella cuando aún estaba viva, tal vez el comienzo de algo más grande, el perdón y la fe recuperada.

—No la destierren. Eternícenla —dijo Claudio.

Todos miraron atónitos lo que dijo el precursor de aquel acto tan bonito. Siempre pensaron que era la oveja negra de la familia, ahora se convirtió en la paloma blanca.

Ana

Cuando llegó, ordenó a su hijo que deje el aparato celular y comparta sanamente con ellos, sus padres que también de algún modo estaban distanciados. El esposo de Ana lo miró sorprendido, su salida la transformó por completo y eso que aún no le dijo donde fue. Quizá más adelante le pregunte.

Lucrecia

Ya no tenía por qué soportar la soledad en su hogar, primero: debía resignarse y aceptar que la vida golpea, segundo: que, si sus hijos no llaman, que sea ella la que les impulse a que los hagan, que el agua que absorbieron de la esponja no fue el mejor ejemplo, que el tiempo no es oro ni no vale nada

Rigo

Dejó de lado refunfuñar por cuestionas banales, tenía que empezar a cambiar y que sea el reflejo que quería mostrar, quizá aprender tarde no debe avergonzarle a uno a que actuase correctamente y siempre por más minúsculo parece una pizca de arena, hay que recordar que antes fue una piedra e incluso puede formar desiertos.

Prometió ser más compasivo, intentaría convencerles a ellos que vuelvan a reunirse, que sus hijos conozcan a sus primos, abordar un campamento, salir de viaje a cualquier parte del país, descubrir paisajes inhóspitos.

Claudio

Altivo, satisfecho, cualquier adjetivo calificativo le quedaba bien, cumplió con su proeza de reunirles y esperó con ansias que no sea el último de muchas próximas, tal vez no quiso hacerlo de ese modo tan misterioso, pero necesitaba de ciertas estratagemas para conseguir su propósito, él era ese vínculo entre comunicaciones verticales y una mañana cualquiera puede transformar a millones de mañanas diferentes.

Con su mochila con menos peso, cual el peso que cargaba desde hacía tiempo ya antes de animarse a formular aquello, se libró, estaba feliz, no cual castigo de Sísifo que cargó para siempre ese agobio, se libró, al menos eso pensó.

Él no tenía pareja, vivía solo en el centro de Asunción —muy cerca del estadio Defensores del Chaco—, también su intención es que en otras navidades sus hermanos lo inviten o en la mejor de la suerte encuentre pareja estable.

En algún momento quizá también comente sobre su condición, sobre sus intereses, pero ahora quería disfrutar de la víspera de navidad. Fue al minimercado, compró una botella de sidra, para brindar solo, agradecer un año más de vida y pedir por venideros mejores días.

Miles de lucecitas adornaban la ciudad, figuras de Papá Noel, de ciervos, de muñecos de nieve, de árboles, sonaba en cada esquina como un eco interminable el din don, vamos a cantar, la alegría de este día … así… sonrió al verse reflejado en un vidrio templado de un negocio que estaba cerrado, era apuesto, tenía un buen trabajo, un buen salario y ni qué decir, era un sujeto cándido, honrado, ¿qué entonces hacía mal para estar tan solo?

«Tal vez la paradoja de la vida actúa de manera misteriosa, demos lo que demos, nos quitan lo más preciado, eso de que «Dar para recibir» no estaba en su diccionario al parecer», pensó, sin embargo, se retrotrajo en su modo de ver las cosas y supo que las cosas buenas siempre llegan en el momento menos pensado.

Como lo que le sucedió después.

Caminaba de regreso a su casa con su botella de sidra, su pan dulce y algunos alimentos envasados que compró. En una esquina chocó con un hombre de traje, solo vio cómo se desfragmentó las piezas de vidrio en el suelo, nadie se molestó, más bien se rieron por aquel suceso.

—Lo siento mucho, ¿cómo puedo compensarte?

—¿Con una cena? —bromeó Claudio—

—Sí, vamos —aceptó el hombre.

FIN

Verduras para navidad

T. J. BRITEZ

—¡Esa es la muñeca que quiero mamá, mira, mira! —gritaba Sofía, indicándole a su madre su anhelo para fin de año. María, la madre, solo asentía con la cabeza, como dándole alguna falsa esperanza a la traviesa e ilusionada Sofía quien saltaba sin parar en el sofá de la sala, pues sabía que para esa época las cuestiones económicas no pintaban para nada alentadoras.

Unos momentos antes, vía vídeo llamada, Javier, el esposo de María, le había avisado que estaría varado en la frontera quién sabe por cuánto tiempo más, pues el puente seguiría cerrado, todo por culpa de la maldita pandemia que lo sorprendió en unos de sus viajes de trabajo a la Argentina.

—Casi todos los ahorros que teníamos aquí los gasté, y Sofía te extraña mucho —comentó María, con un entristecido tono.

—No te preocupes, yo creo que esto no tardará más tiempo, aquí en la frontera hay rumores que en poco tiempo esto se resolverá y podremos cruzar —indicó Javier, tratando de calmar y darle esperanzas a la atribulada María.

Después de esa llamada habitual en horas de la tarde, llegaba el momento de hacer la cena, revisando una y otra vez los estantes de la heladera y demás muebles de cocina, como pretendiendo que por arte de magia apareciera alguna verdura para darle más color al menú, al final no encontró nada. Preparó lo que pudo para poder llenar la pancita de Sofía y dormir cómodamente por decirlo de alguna manera. «Mañana iré al mercado a comprar las verduras que me faltan» pensó, mientras otra idea se le cruzó por la mente también.

—¿Mamá, me vas a comprar esa muñeca que te mostré? —indagó con picardía la niña a su madre.

—Puede ser —contestó María —, pero se me ocurrió una idea, ¿quieres saber de qué se trata?

—¡Sí, si, cuéntame! —gritó la niña, con curiosidad, pensando que la propuesta de la madre sería algo superior a su pedido o, en el mejor de los casos, se adelantaría.

—Mañana cuando vayamos al mercado a hacer algunas compras, también compraremos semillas de verduras, que luego las plantaremos en una huerta que construiremos juntas, allá en el fondo de la casa, debajo de ese arbolito que plantó tu papá.

—¡Qué aburrido! —rezongó Sofía —, yo pensé que ya me comprarías la muñeca con su casita y su auto.

—¡Noo!, las cosas no están muy bien que digamos mi amor, debemos ayudarnos y estar unidas —inquirió con ternura la madre —, además, hacer germinar semillas, fue una de las tareas de la escuela que no terminaste bien, tu plantita de poroto se murió de sed debajo de la pileta —agregó.

—Bueno, está bien —respondió Sofía con un toque de vergüenza por lo de su poroto muerto —. Lo que tu digas mamá, ¿y cuándo viene papá? -—curioseó, mientras se acomodaba para dormir.

Su madre, explicándole de la manera más técnica todo lo que estaba sucediendo en el país y en el mundo con respecto al virus, las fronteras cerradas, los cuidados a tener en cuenta, las dificultades económicas debido a la suma de todos los factores anteriores, no se dio cuenta que ya estaba hablando sola, pues su hija le hizo la pregunta casi dormida. Entonces no hubo otro remedio que apagar las luces disponerse a cerrar los ojos y culminar definitivamente una jornada más.

Al día siguiente luego de los aprestos y cuidados «exagerados» correspondientes para salir a la calle: tapaboca, alcohol en gel en todos los bolsillos, gorro para cubrirse del intenso sol primaveral casi veraniego, mochilas, bolsos, muñecas, peluches, más otras indicaciones como no tocar nada, no hablar de cerca con nadie, al fin estuvieron listas como para salir a un desierto apocalíptico radiactivo con enemigos zombis deambulando por las calles, así es como María visualizaba la actual situación, porque tenía pavor de contraer la tan promocionada enfermedad y peor aún, que su pequeña Sofía lo tenga. Durante el camino, la niña preguntaba cómo es que harán dinero con las semillas, pues quería saber el proceso, por el cual ese minúsculo granito de lo que sea que es, se convertirá en billetes o monedas para comprar su tan anhelada muñeca con casa y auto.

—Luego de preparar la tierra, debemos echar las semillas, estas deben regarse todos los días, al cabo de tres o cinco días empezaran a brotar, así como tu poroto, luego crecerán, más tarde algunos producirán frutos y otras directamente las arrancaremos —explicó la madre.

—Pero ¿y de qué nos servirán demasiadas verduras? —indagó la niña, pues ya empezó a entender, que la producción sería mayor al consumo de su hogar.

—Una parte de las verduras serán para nosotros, las guardaremos en la heladera, pero todas las demás, los prepararemos en platitos o cajitas y saldremos a vender, las personas nos darán dinero a cambio de las verduras, billetes y monedas, a cambio de lo que producirá nuestra huerta y nuestras plantitas —expresó de la manera más didáctica posible para que Sofía pudiera comprender.

La niña luego de unos metros de caminata y de silencio, pues estaba procesando la información recibida, pudo entender lo que su madre le estaba enseñando, detuvo bruscamente la marcha y dio vuelta hacia su mamá, sus ojos se iluminaron.

—¡Ah!, ahora entiendo y me gusta la idea, suena bastante fácil, tiraremos las semillas en la tierra, estas crecerán, las vendemos y vamos a tener el dinero para mi muñeca. ¡Hurra!, sos una genia mamá.

María sonrió, pues así sonaba la idea básica, pero en la práctica ella tampoco era demasiada idónea para el rubro. Mirando algún que otro tutorial de *youtube* explicado de manera superficial y con los materiales con los que ella no contaba, lo hacían parecer pan comido. Así que al llegar a la casa y luego de quitarse sus trajes espaciales anti coronavirus, y de desinfectarse cada centímetro del cuerpo fueron corriendo al fondo del patio a preparar el nuevo y ambicioso proyecto familiar.

En realidad, era más un proyecto particular porque Sofía poco y nada ayudaba, pues se la pasaba haciendo pistas de carreras para sus muñequitos o casitas para las temidas hormigas. Luego de un día de intenso trabajo preparando la tierra cortando pastos y malezas, colocando las cercas y alejando a los insectos, casi ni almorzaron, solo picotearon algún bocadillo. La parcela productora de hortalizas estuvo lista. Según la pseudo planificación horticultural, una parte sería para los tomates, otra para las lechugas, otra para los perejiles y de esa manera cada tipo de verdura se ubicaba en su lugar, porque María pretendía estructurar cada centímetro cuadrado pues era en extremo organizada.

Un proyecto bastante ambicioso y al mismo tiempo de alguna manera era una carrera contra el tiempo, porque estaba promediando el mes de octubre, y según las indicaciones del vendedor de semillas algunas se podrían cosechar en cuarenta y cinco, y otras, en sesenta días, es decir, que justo para antes de la navidad estarían listas como para salir a vender si todo marchaba bien, por supuesto. Luego de unos días de arduo trabajo «en equipo», al fin la tierra estuvo lista. Y procedieron a colocar las semillas, unas pocas las colocó Sofía a modo de distracción y de aprendizaje para asimilar la responsabilidad que implicaba cuidar a un ser vivo, porque esas semillas serían, de ahora en más, suyas, y de ella dependían que crezcan, se mantengan y produzcan. Así que la niña tomó muy enserio el compromiso asumido y trabajó con mucha seriedad en la siembra de sus tomates, y demás hortalizas. La primera regada la hicieron juntas, se divirtieron bastante, y cada extraña pregunta relacionada con el cultivo, mantenimiento, cosecha y demás aspectos relacionados a la huerta que hacia Sofía, su madre respondía con un simpático no sé, ya lo buscaremos en *youtube*, porque todo el conocimiento agrícola que poseía se reducía a ese momento en el que sabía que debían regarlo y punto, eso les causó mucha gracia y reían mientras se miraban y observaban ilusionadas la roja tierra mojada.

Los días posteriores, antes de cualquier actividad, mientras tomaba su matutino mate, María salía a ver el avance de su huerta, corroborar si ya brotaron, si los insectos no atacaban y que tan seco o húmeda estaba la tierra. Lo mismo hacía Sofía quien se levantaba más tarde, y ni bien saludaba a su mamá corría a verificar si sus tomates ya crecieron, porque eso significaría que su regalo de navidad estaba más cerca y palpable. Hasta que a los diez días los primeros brotecitos verdes empezaron a asomarse.

—¡Mamá, mamá, mirá, ya salieron nuestras verduras! —gritó la niña más emocionada que nunca, corriendo en busca de su madre quien se encontraba dentro de la casa.

Fueron corriendo, y vieron que los primeros brotecitos asoman en la húmeda tierra.

—Creo que esos son los tomates, y aquellas las zanahorias —apuntando con el dedo iba indicando María.

—A cada una le voy a poner un nombre —dijo Sofía.

—¿Cómo que un nombre?, eso será difícil, si todas las plantas son iguales —exclamó la madre riendo, por la insólita idea.

—Yo voy a memorizar, a cada una, además nunca se moverán de sus lugares, por eso será fácil —respondió de manera segura y decidida la pequeña.

Varios días estuvieron enfocadas en el cuidado de las tiernas plantitas, el regado, la remoción de la tierra, el abono, el bautismo y nombramiento a cada uno, según la idea e imaginación de la niña. Algunos días de mansa lluvia ayudaron para que el crecimiento se acelerara un poco, cada planta ya tenía varias hojas y algunos centímetros de altura según las mediciones que Sofía hacía con una pequeña regla que usaba en su escuela.

Una extraña ilusión y alegría las inundó durante las siguientes semanas, en las que María prácticamente se olvidó de los aprietos económicos. Solo las macabras y amarillistas informaciones del noticiero nocturno la devolvía a la cruda realidad, en donde mostraban con un cierto toque de exageración, las dificultades económicas y laborales de tantas personas. Negocios cerrados, filas y filas de personas esperando en alguna bondadosa casa un plato de comida de las famosas ollas populares, la frontera bloqueada sin esperanzas de reapertura, y lo que a ella más la aterraba era el tradicional informe diario de los contagiados y muertos por el virus, en el cual cada día aumentaba mucho con respecto al día anterior.

Luego de la ya también habitual video llamada con Javier, su esposo, el cual seguía varado en la frontera, informándose mutuamente de las novedades cada uno en el lugar que le tocaba estar, se daban fuerzas, y ánimo y por sobre todo amor a distancia. Una distancia que ponía al límite, toda la paciencia, tenacidad y perseverancia en la relación, sumada a la añoranza que se tenían el uno al otro y los incesantes requerimientos de Sofía por el pronto regreso de su padre.

Se pusieron a regar la huerta, ambas en silencio, pensando en nada, solo mirando como el chorro de agua salía de la manguera y llegaba a la tierra, nada más, estaban cansadas, ya era tarde, hacía calor, solo querían ir a dormir, descansar, recargar energías para el siguiente día. No pudieron darse cuenta de que algunas hormigas cortadoras estaban merodeando muy sospechosamente alrededor de las preciadas hortalizas. Cerraron la canilla, aseguraron el portón, la puerta de la casa y se dispusieron a descansar, no sin antes contar algún cuento de los clásicos infantiles, en este día tocó el turno de contar Alicia en el país de las maravillas, el cual solo llegaba al veinticinco porciento, porque Sofía se quedaba dormida ni bien el conejo blanco entraba a la madriguera.

Al día siguiente, María se quedó dormida más de la cuenta, ¿qué de importante podía hacer en un domingo?, solo descansar unos minutos más que de costumbre. Pero los gritos desesperados de su hija le pusieron los pelos de punta, de un salto se levantó de la cama y como teletransportándose llegó a la puerta trasera de la casa, pensó lo peor «a Sofía le pasó algo», se sentía débil y mareada en los siguientes pasos hacia el patio, cuando vio a su hija, sentada en el suelo, llorando desconsolada.

—¡¿Hija, qué pasó?! —gritó María, asustadísima, corriendo hacia ella.

—¡Mamá, mira, las hormigas comieron todas las hojas de nuestras plantitas! —contestó llorando la niña.

—¡Qué, no puede ser!, ¿cuáles plantas?

—Todas, mamá, todas, le comieron a Melisa, Melanie, Darla, Britany «eran los nombres de sus verduras» —respondió, llorando más fuerte.

Un nudo se armó en la garganta de María, viendo con impotencia todos los tallos pelados, sin ninguna hojita, pues los temibles *akekẽ* «hormigas cortadoras» habían trabajado de manera desmesurada toda la noche cortando y transportando las hojas a su nido en la otra punta del terreno.

—Mirá mamá, no tendremos nada para navidad, esas malditas hormigas arruinaron nuestro trabajo —sollozaba la pequeña.

Grandes gotas caían de los ojos de María, sumándose al llanto de su pequeña, pero no tanto por la pérdida de la plantación, sino que el desconsuelo de Sofía, le rompía el corazón verla así, tan desilusionada. Pero se secó las lágrimas con sus manos, abrazó a su hija y le inventó una historia que se le ocurrió en ese mismo momento.

—No es para tanto Sofía, mira, solo cortaron las hojitas, los tallos están intactos en un tiempo más les volverán a salir —indicó María, sin saber si sería cierto eso.

—¿De verdad? —preguntó la niña, secándose también su mojado rostro —. Pero ¿y cómo?

—¡Sí!, solo debemos ver la forma de alejar a los insectos, luego tenemos que abonar mejor la tierra, y cada noche antes de dormir revisar de que no hayan ninguno paseándose por acá cerca.

Sofía se mantuvo pensativa y luego fue corriendo, trayendo consigo el polvo insecticida.

—¡Muy bien hija! —exclamó la mamá, aplaudiendo la solución que rápidamente aplicó Sofía a la gran problemática con los bichos.

Durante el resto del día, la esparcieron por todo el patio y se dedicaron con mucho esmero en poner bien de vuelta a las estropeadas hortalizas, las cuales a las pocas semanas volvieron a brotar, con mayor rapidez. Algunas flores ya indicaban que los tomates y pepinos producirían sus primeros frutos, las lechugas y acelgas se elevaban con sus grandes hojas. Cada día, fotos, *selfies*, *posteos* en *facebook* e *instagram* presumiendo sus lindas verduras fueron la constante. La pequeña regla de veinte centímetros de Sofía ya no alcanzaba para medir la altura de los esbeltos tomates, así que se rebuscó entre las herramientas de su papá donde encontró una cinta métrica, y con eso le fue quitando la medida para anotarlos en el curriculum de cada planta.

A fines de noviembre, los grandes tomates estaban poniéndose colorados, en pocos días se podrían cosechar, al igual que el resto de las verduras que ya llegaron también a su punto ideal. Al mismo tiempo que en la televisión se intensificaban los comerciales y propagandas de los regalos de fin de año, muñecas, video juegos, *tablets* infantiles y todo lo que se pueda imaginar que «papá Noel» con su acalorado traje podría traer en su pequeño trineo volador estirado por animales que no existían en este país, hacían que Sofía esté más ansiosa por cosechar, vender, hacer dinero y comprar su tan ambicionada muñeca con casa y auto. Su ilusión se reducía a tener esos objetos en sus manos y de esa forma poder alcanzar la felicidad suprema.

En la segunda semana de diciembre, por fin empezaron a cosechar su sacrificada producción, María las iba cortando o arrancando, dependiendo del tipo de planta y se la pasaba a Sofía que los iba colocando en una canasta. Por ser la primera vez que lo hacían solo quitaron algunas para ir a probar suerte en las ventas. Luego de lavarlas con abundante agua, las empaquetaron en platitos y bolsitas cubiertas con film de polietileno, y luego de un rato de intenso trabajo estuvieron listas. Más fotos desde todos los ángulos promocionando sus productos en las redes, hicieron que reciban algunos pedidos, que las llenaron de entusiasmo. Se equiparon con sus trajes espaciales para salir a la calle, otra vez tapaboca, máscara visera trasparente, abundante alcohol en gel y *spray*, agua, y las infaltables muñecas y peluches sumadas a las canastas de verduras, hacían parte del gran equipaje.

Caminando en el infernal calor, llegaban casa por casa en el vecindario, vendiendo la totalidad de su producción, a buen precio, en unas pocas cuadras ya pudieron colocar todo lo que cargaron en sus canastas. Así que cuando entregaron la ultima bandejita, dieron media vuelta y regresaron velozmente a su hogar. Lavado de manos, desinfección de los billetes y monedas, más alcohol de nuevo en las manos, *spray* por la ropa y zapatos, y al fin estuvieron listas para entrar a la casa, a contar el dinero recaudado en su primera salida de ventas. A medida que iban contando moneda por moneda la recaudación del primer día, María las colocaba en forma mental en los lugares donde debía pagar con urgencia sus deudas, y luego sin darse cuenta lo fue diciendo en voz alta.

—Este será para pagar la libreta de la despensa de doña Flora, este para el agua, este para parte de la luz.

—¡Qué estás diciendo mamá!, ¿y para mi muñeca? —inquirió con dramatismo Sofía.

—Cuando paguemos todas las cosas pendientes, iremos por tu muñeca —respondió la madre.

A Sofía no le agradó para nada la idea, pero le gustaba salir a pasear, recorrer, y ayudar a su mamá, luego de tantos meses de claustrofóbico encierro en la casa. Las clases *on line* le aburrían, los mismos dibujos animados repetidos una y otra vez en los canales, ni el peligroso mundo que le ofrecía internet a través de *youtube* ya no le parecían atractivos, ella quería salir, a caminar, correr, saltar, por lo menos mirarle de lejos al parque al que solía ir. Pareciera ser que quería salir a respirar aire fresco fuera de la casa y eso lo hacía en el recorrido de ventas alrededor del barrio.

El segundo día de ventas, se levantaron de madrugada, luego del mate y desayuno, fueron a la huerta de donde arrancaron más verduras que el día anterior, porque la idea de María era duplicar las ventas, a continuación las lavaron, empaquetaron para darle un aspecto agradable a la vista, las colocaron con cuidado en los canastos, uno grande y otro pequeño de juguete para Sofía, que parecía muy simpático a la vista. Sumado lógicamente al equipamiento anti contagio. En ese recorrido matutino el éxito fue mayor a lo esperado, y por tal motivo volvieron temprano a la casa para organizar otro cargamento y poder salir a la tarde, porque no pudieron llegar a todas las casas que planeaban pues por el camino ya colocaron todos sus productos. Y así lo hicieron, la canasta y canastita llenas de verduras, preparadas para el turno tarde, que arrojó el mismo auspicioso resultado, buena venta, más dinero, además con parte de las ganancias, compraron frutas para revenderlas, porque fue el pedido de algunos clientes.

Las semanas siguientes, salían a la calle día de por medio, porque de tanto salir de mañana y tarde, descuidaron en parte la huerta, sumado al cansancio que implicaba caminar cuadras y cuadras en el intenso sol de verano. Las video llamadas con Javier, el padre de la casa, eran más esperanzadoras, pero no tanto así al otro lado de la frontera, donde no habían noticias buenas con respecto al paso de personas. Pero el espíritu navideño y unidad familiar los mantenía unidos en la distancia. Unos días antes de navidad, cuando volvían de una ardua jornada de ventas, llegaron a un negocio y compraron todas las imágenes del pesebre, el niño, José, la virgen María, los ángeles, los camellos, reyes magos, los pastorcitos y la casita que simbolizaba el pesebre. Que lo armaron ni bien llegaron a la casa, agregándole algunas luces y la estrella fugaz.

En la víspera de navidad, María estaba muy melancólica, extrañaba a Javier, a su madre y a otras personas, unas lágrimas se le escaparon, de alguna manera se sentía sola, a pesar de la intensa presencia de su hija que no la dejaba un minuto, sentía en lo más profundo de su ser una añoranza inexplicable. Porque siempre se reunían en la casa materna desde tempranas horas, toda la familia a preparar el menú de noche buena, con mucha alegría y bullicio. Pero este año, decidieron con los hermanos no exponer a su anciana madre, así que solo una hermana la acompañaría, el resto decidió quedarse cada uno en su casa por cuestiones de salud. Por tal motivo María decidió salir de mañana y tarde ese veinticuatro de diciembre para trabajar mucho, no pensar en nada y poder dormir bien cansada, y de paso poder ir a comprar esa muñeca para su hija.

Salieron en la calurosa mañana del veinticuatro cargadas con todo lo que podían, frutas y verduras, a vender, y como siempre a las pocas cuadras los vecinos compraron toda su producción. Al ir de vuelta a su hogar, María veía a las familias reunidas, parientes que iban llegando seguramente de lejos cargados con regalos e ingredientes para la cena familiar, niños correteando con sus primos o abuelos. Esa imagen en definitiva la quebró, la hizo llorar, no se pudo contener por más de que no quería demostrarle debilidad frente a su hija.

—¿Qué pasa mamá, por qué lloras? —preguntó la niña, asustada por verla así.

—Por nada hija, es que estas fechas me ponen un poco triste, pero ya se me pasará —respondió María secándose las lágrimas con los brazos.

—¿Y por qué te pones triste?, si es la mejor época del año, no hay clases, hace calor, podemos ir de *camping* o al arroyo, es navidad, nos regalaremos cosas, papá noel va a venir, y cinco días después los reyes magos me traerán más regalos, porque este año me porté muy bien —explicó Sofía, tratando de consolar a su madre con su sencilla visión de lo que para ella significaba esta época.

María dibujó una suave sonrisa, porque la infantil explicación le causó mucha gracia, analizando por un minuto «debería pensar de esa manera, que más quiero, tengo salud, y a mi familia, tal vez no junta, pero la tengo» las palabras de su pequeña la animaron, se puso firme y siguió camino.

—Vamos ahora mismo a comprar esa muñeca, y después continuamos con las ventas —indicó María, bien decidida.

—¡Vamos, *yupi*, a comprar la muñeca! —gritaba y cantaba sin parar durante todo el camino la niña.

Cuando llegaron, al negocio, lógicamente no había el juguete original mostrado una y otra vez en la televisión, pero a Sofía no pareció importarle demasiado la marca, porque la cantidad de juguetes colgados y apilonados la impresionó, así que eligió a discreción los parecidos, luego su madre lo pagó y salieron otra vez cantando desbordadas de alegría. La niña se sentía como en el cielo con su nueva adquisición, una muñeca con su vestuario, su automóvil y otros accesorios, a la cual la miraba hasta se podría decir con amor, porque una parte de su sueño se materializó en ese momento. Al ver así tan feliz a su hija, María también se contagió de esa alegría.

En el camino de regreso fueron vendiendo las verduras y frutas que le quedaron como para poder liquidar pronto el recorrido, porque el sol estaba demasiado intenso y picante. Sofía aún tenía en su canastito algunas bandejas de frutas a las cuales no brindó demasiada atención porque su concentración estaba en sus juguetes nuevos. Unas cuadras antes de alcanzar su hogar, María llegó en la casa de una amiga con la que se puso a conversar de manera distendida.

—Mamá voy a ofrecer estas bandejas en aquellas casas y luego voy a jugar con mis muñecas —avisó Sofía.

—Está bien, pero no te alejes demasiado, solo hasta donde yo te vea puedes ir —ordenó María.

—¡Siiii mamá! —rezongó la niña.

Cuando llegó a una muy humilde casa con paredes de madera y techo chapa, la atendieron dos niñas más o menos de su edad, a las que ofreció sus productos, pero las niñas clavaron sus ojos en los juguetes no haciendo caso al ofrecimiento.

—¿Quieren jugar? —preguntó Sofía mostrándoles sus juguetes

—¡Si! —respondieron al unísono las hermanas—, y al instante se sentaron en el polvoriento suelo a jugar sin parar, una tenía a la muñeca, otra la casa y Sofía con el auto. Idearon una historia cada una con un personaje y función, las tres nuevas amigas tiradas en el polvo, luego empezaron a correr y reír sin parar. Cuando una de ellas vio que en el canasto había bandejas con frutas.

—¿Qué es eso? —preguntó una de las hermanas.

—Son frutas para vender, ¿quieres comprar? —preguntó ingenuamente Sofía.

—Sí quiero, pero no tenemos dinero, nuestro papá no está y mamá llegará tarde, porque fue a trabajar, recién estará a la noche, nosotras nos quedamos con nuestra hermana mayor. —respondió una de ellas.

Sofía se quedó pensando por unos segundos, y luego abrió sus tan preciados productos, y regaló a cada hermana una bandeja con frutas, en las cuales había: bananas, manzanas y peras. Se sentaron de nuevo alrededor de los juguetes y comieron alegres mientras proseguían con sus emocionantes e imaginativos juegos. Al cabo de un rato fue llegando María a ver que estaban haciendo, observó que su hija estaba jugando muy alegre, luego le indicó para que junte sus cosas para emprender camino de vuelta a su casa.

—¿Vendiste las cosas que quedaron? —preguntó la madre.

Sofía se quedó en silencio con los hombros recogidos, sintiendo un poco de vergüenza y miedo, a ser regañada.

—No mami, le invité a mis nuevas amigas —respondió— ellas están solas y tenían hambre —añadió, tratando de justificarse, y agregando algunas mentiritas.

—Está bien, no hay problema —dijo María—, ahora junta tus juguetes y vamos a casa que hace demasiado calor.

Mientras juntaba todos los accesorios de sus juguetes, las hermanas la ayudaron, y la miraban con cierta tristeza.

—¿Cuándo volverás para jugar? —preguntaron

—No lo sé —respondió Sofía—, es que vivimos un poco lejos.

—No te vayas, quédate un poco más —suplicó la hermana más pequeña, y unas lágrimas se formaron en la punta de sus ojos.

—Sí, vuelve pronto o quédate un tiempo más —dijo la mayor.

Sofía miró a su madre como transmitiendo con la mirada el pedido de sus amiguitas, pero María estaba cansada y también respondió con un gesto de negación, moviendo de un lado hacia el otro la cabeza. Ese gesto bastaba para hacer entender la negativa. Pero esas lagrimitas en los ojos de sus amigas, estremecieron a la pequeña Sofía, entonces en ese momento decidió regalarle todos sus juguetes a las humildes niñas.

—Tomen esto, se las regalo por navidad —con alegría dijo Sofía a las niñas.

Ellas las tomaron con dudas, pero con felicidad, mirando a la madre, esperando alguna negativa, pero María solo era la espectadora de esta tierna escena. Luego las tres se abrazaron y se despidieron sin decirse más palabras, la felicidad fue completa para las tres niñas en ese momento, unas al dar y otras al recibir. Sofía tomó su canastita y se acercó a su madre como para tomar el camino de regreso a su casa. Sentía como que caminaba en las nubes porque consideraba que hizo algo grande al darle lo que apreciaba a personas desconocidas.

—¿Por qué hiciste eso? —preguntó con curiosidad María.

—No lo sé, las noté un poco tristes, así que pensé que si esos juguetes me hacían feliz, a ellas también podrían —reflexionó la pequeña.

—¿Y te sientes bien? —indagó de nuevo la madre mirándola fijo.

—Me siento extrañamente feliz, no sé cómo explicarlo mamá, porque siempre me enseñaste que debemos compartir lo que tenemos, pero nunca supe cómo, no lo entendía, o pensaba que lo que yo podía ofrecer otros no lo apreciarían, pero ahora lo entiendo.

María sonrió, la tomó cariñosamente de la mano y prosiguieron camino, más alegres que de costumbre, y muy diferente al estado de ánimo que en la mañana cuando la añoranza la estaba desmoronando. El sol se estaba escondiendo, era de tardecita y apuraron la marcha para llegar pronto a su hogar, cuando doblaron la esquina, vieron de lejos que frente a su portón estaba un extraño hombre, no lo veían bien porque las luces estaban apagadas, así que avanzaron lento y con miedo agarrándose fuerte las manos, hasta que al acercarse, Sofía gritó ¡Papá! y avanzó corriendo hacia Javier, quien hacía horas estaba esperando en la casa, sin saber nada de ellas.

—Pero ¿qué pasó, cómo es que estas aquí? —preguntó intrigada María, abrazándolo.

—Este medio día abrieron el puente, pero estuve casi dos horas con los protocolos sanitarios pasando poco a poco —comentó—, y ni bien crucé empecé a llamarte, pero tu celular estaba apagado.

—¡Ay sí! es que cuando salimos a vender lo dejo, no pensé que tardaríamos demasiado —respondió avergonzada, porque lo recibió con una indagatoria.

—¡Papi, estoy tan feliz hoy! —dijo la pequeña—, hoy sucedieron tantas cosas, que tenemos que contarte —añadió gritando.

—Bueno, vamos adentro a preparar la cena que ya es medio tarde, miren mientras las esperaba fui a comprar todo lo que necesitamos para la cena de navidad, menos las verduras, porque esas las vamos a quitar de la huerta —bromeó.

Entraron abrazados a la casa para compartir todas las aventuras que vivieron en la larga y dura cuarentena que los mantuvo separados, pero unidos. Sofía pudo aprender a fuerza de hechos, la solidaridad, el sacrificio, y que lo más importante no suele ser lo material, sino los actos de caridad que llenan el alma.

FIN

Navidad de recuerdos

OLGA LÓPEZ

No creía en las almas gemelas o en los amores eternos, pero todo eso cambio cuándo la conocí, sí, escribo «la» y no «lo». Aprendí al lado de esa mujer que una vida sin amor es una vida miserable, ella me llevó al cielo, al infierno y me trajo de vuelta, con ella me sentía plena, su amor me daba fuerza y valentía, cuando ella me miraba y abrazaba, me sentía protegida. Hoy, que ya no está, le deseo toda la paz que este pequeño universo pueda ofrecerle, lo merece, siempre se lo dije.

Todas la mañanas iba a la sala, corría las cortinas de flores y preparaba café, puedo jurarles que era el mejor que había probado en toda mi vida.

La primera navidad sin mi Julia, la casa que compramos juntas perdió la alegría, los gatos apenas y jugaban, Felipe, el gato gris que habíamos rescatado hace unos años atrás, la extraña todos los días, y más en las mañanas. Es que mi Julia tomaba un cuaderno y lápices, y esperaba a su modelo, Felipe, el gato, se peinaba mientras ella hacía café para luego pararse frente a Julia y ser su modelo, se saludaban con un toque de narices y comenzaban los trazos de arte, los colores, las expresiones, ese animal tan afortunado multiplicaba su ego al cien gatuno. Como si ya no tuviese mucho de por sí. Se creía el dueño la cama. Eso pasaba todas las mañanas desde hacía unos veinticinco años, pero hace unos seis meses eso había cambiado, *Felipe*, fiel a su rutina, solía subir a la ventana esperando a Julia y es que él no entendía por qué su esclava no acudía a la cita de siempre.

Mi abuelo solía decir que se enamoró dos veces de la misma mujer, mi abuela, y desde que conocí a Julia, entendí cada palabra que decía el viejo *Sebas*.

Recordaba su amor mientras seguía sentada en la vieja silla de madera, la misma reposera en las que tantas veces mi abuelo me acurrucó dándome las buenas noches con un cuento, el mismo cada noche, todos los días pedía escuchar la misma historia.

—Abuelo cuéntame: *El hombre que amó dos veces a una mujer*.

Era la historia que de niña siempre pedía, la deseaba tanto. Me imaginaba un amor igual, quería conocer a esa persona que me amase como él había amado a mi abuela Jose.

Los años han pasado como las hojas que caen al suelo formando parte de un ciclo, de un todo... el tiempo pasa volando cuando eres niño y de un momento a otro te das cuenta de que creciste, así, sin previo aviso. Los recuerdos pasan a ser rostros del pasado, instantes lejanos de gozo, momentos dulces que ahora arden y terminas por ser un masoquistas al recordarlos.

—Ha pasado tanto tiempo desde que no estás con nosotros, abuelo —dije al mirar las viejas fotos en la sala.

Me senté en el sofá con fundas de estrellas, unas lágrimas asesinas cayeron por mis mejillas, eran lágrimas de añoranza... un amigo felino subió a mi lado, silencioso, oscuro, pero elegante con su pelaje negro y los ojos esmeralda, es *don Felipe*, enojado porque no he puesto su árbol de navidad, ni siquiera sus luces.

—El cielo es hermoso —le dije a *don Felipe* y a la ventana que tenía enfrente. Todo es tan silencioso desde que mi Julia se fue.

El hermoso felino se sentó a mi lado por unos minutos, brindándome su digna compañía.

Don Felipe, desde pequeño fue cariñoso con Julia, años después, conmigo, creo que ambos no nos entendíamos al principio.

—*Don Felipe*, fiel compañero, alma gemela del amor de mi vida —dije acariciando al gato, que me ronroneó como respuesta al cariño.

Cuando Julia encontró a *don Felipe* en la calle camino a casa, el pobre gato estaba maltratado, con hambre y frío. Ella lo llevó entre su abrigo para que pudiera calentarse, ya que se sentía la piel del pobre como si fuese un cadáver, yo, al ver al pequeño animal temblando, me quede algo molesta, porque creía que el animal no sobreviviría, y eso le dolería mucho a ella.

Los años pasaron y *don Felipe* creció, convirtiéndose en el mejor amigo y alma gemela de Julia. Cuando falleció la madre de Julia, nadie podía sacarla de su habitación, nadie que fuera humano, porque don gato, se las arreglaba para hacer que una mujer de cuarenta y cinco años corriera como una niña para perseguirlo por toda la casa, a causa de que *don Felipe* se había robado algo especial o frágil de la habitación.

El hermoso felino siempre se mostró cariñoso con todos, menos conmigo, porque claro, no soy todos, en los primeros días de luto en el que

Julia se encontraba *don Felipe* la hacía reír con alguna pirueta que podía hacer. A veces se le despeina la cola e intentaba arreglarla con las patas y la lengua, le gusta ir acicalándose por la casa.

En mi décimo octavo cumpleaños, había recibido un libro por parte de mi madre, pero no un libro cualquiera, era la historia completa que mi abuelo siempre contaba, cuando seguía llena de energías a altas horas de la noche, con el título: *El hombre que amó dos veces a una mujer.* El libro siempre estaba en la sala, junto a todos los juguetes que Julia coleccionaba, ya que ella decía que el amor de mis abuelos era como el nuestro, prohibido, intenso y terminaría con hermosos momentos. El libro comenzaba así:

En estas páginas hago públicas mis anécdotas, para ti, mi dulce niña María.

Enero 12 del año 1965

Cómo todas las mañanas fui a buscar algún trabajo para ayudar a mi madre, somos muchos hermanos, yo ya tengo la edad para trabajar en jardines o en lo que se necesite.

Recorriendo por mi ciudad me encontré con Gustavo, un viejo amigo de la familia, una vez escuché a mi madre hablar sobre él con sus hermanas, creo que se gustaban, pero nunca tuvieron oportunidad, él se casó joven y ella se embarazo jovencita. Él me había contado que en un pueblo se necesitaba jardinero, y que se ofrecía una buena paga, fui a casa y le conté a mi madre, ella trabajaba mucho y estaba cansada, así que no me dijo mucho sobre el tema, decidí ir a probar suerte.

Llegué al lugar dónde me había dicho Gustavo, la casa era hermosa, era gigante y el jardín mucho más grande, un poco descuidado, pero quedaría hermoso una vez florezcan las rosas que están brotando.

—Hola, ¿qué se le ofrece joven? —preguntó un mozo vestido con elegancia, y me miró de pies a cabeza.

—Emm… vengo por el trabajo de jardinero señor —respondí un poco nervioso por cómo me miraba.

—Sí, ¿es usted conocedor de jardines? —preguntó el hombre.

—Señor, se lo necesario para vivir —respondí con sinceridad.

—Venga, le voy a llevar con el sr. Rojas —dijo con duda.

Entramos a la enorme casa, era muy bonita, se acababan de mudar por las cajas de cartón y los muebles envueltos en unas telas blancas.

Entramos a un despacho lleno de libros y más cajas. Había muchas cajas.

—Sea bienvenido, joven —dijo desde la ventana, un hombre de traje. Aparentaba tener entre cuarenta y seis o cuarenta y nueve años.

—Gracias, señor —respondí.

Tuvimos una larga charla. Después de firmar algunos papeles, conseguí el trabajo, estaba muy feliz…la paga era realmente buena.

Pero, había una condición, dejar las rosas que estaban frente a la piscina, su esposa y su hija las habían plantado. Era muy importante para ellas.

Terminé muy tarde, estaba sucio, pero feliz por todo lo que había logrado en un día, el jardín estaría listo en tres semanas y eso me alegraba, dentro de un mes el sr Rojas daría una fiesta, y su jardín estaría hermoso gracias a mí trabajo.

Fui a guardar las herramientas en un depósito cerca de la piscina y la vi por primera vez, estaba muy bella, tenía un vestido rosa pálido y el cabello hasta la cintura, su piel blanca como la leche. Estaba sentada en un sillón leyendo.

No sé lo que me sucedió, pero me quedé viéndola, realmente era bonita.

Salí de la propiedad y fui a la parada de autobús. Esa noche no pude sacarla de mi mente.

Desde ahí todo cambió, la veía a veces sentada en el mismo lugar.

Llegó el gran día de la fiesta y yo fui invitado... firmé un contrato por dos años como jardinero, las cosas salieron muy bien, y a mí me parecía muy bueno, con mi sueldo ayudaba a mi madre en las cuentas y con mis hermanos.

Fui presentado en esa fiesta como el jardinero, el sr. Rojas era bastante amable con todos sus empleados.

En el baile la volví a ver, pero más hermosa que la primera vez, cerca de la piscina, traía un vestido negro y su cabello totalmente recogido en una coleta, pero no iba sola, estaba acompañada por un hombre alto de pelo castaño.

Nunca había visto algo tan hermoso y cautivante.

La fiesta seguía, y yo ya estaba de salida, al encontrarme cerca de las rosas, la vi, estaba triste y llorando... como un niño me acerqué curioso.

—Hola Señorita Jose, digo Giovanni —dije con timidez.

—Hola, ¿tú eres? —dijo tapándose la cara con las manos.

—Soy Fede, el jardinero —dije mirándola.

—Siento no ser amable, no he tenido una buena noche, sabe —dijo mirándome.

Sus ojos eran hermosos, más que hermosos, eran cálidos y tranquilizadores, color ámbar.

Desde ese momento me contó todo lo que le ocurría, sus amigas, sus sueños, sus obligaciones, y cómo era su vida. Me pidió saber de mí, de cómo era mi vida.

Pasaron los días, las semanas y ella me traía más enamorado que nunca, de vez en cuando nos enviamos cartas, pero sin firma.

Faltaban días para su cumpleaños y una noticia mala nos llegó, éramos amigos y habíamos sentido más cosas que amistad conforme los meses pasaban.

—¿Recuerdas al hombre del pelo castaño con él que estaba en la inauguración de la casa? —preguntó triste.

—Sí —fue lo único que respondí.

—Él, es mi futuro esposo —dijo con lágrimas en los ojos.

—No llores, Gio... sabes que no me gusta verte triste —dije abrazándola.

Estábamos en el centro del jardín, dónde había un altar pequeño para un santo, ya que su familia también era católica.

—No quiero casarme, Fede, con él no, y lo sabes —dijo mirándome a los ojos.

—Tu padre no me aceptaría, y lo sabes —dije sin mirarla.

No supe qué hacer, ni qué decir, me había enamorado de ella y no deseaba perderla, pero yo no tenía nada que ofrecerle, además de mi amor, que para una mujer cómo ella sería poco, estaba acostumbrada a lujos y yo no podía darle eso.

Me fui como un cobarde, no sabía qué hacer, yo era nadie, y entonces se lo conté a mi madre.

Debía encontrar una forma para que ella no se case, pues yo le había prometido que haría todo lo que podía por su bien, pero ¿qué ganaría ella a mí lado?, esa fue la pregunta que más me dolió, no tengo dinero, y mucho menos lujos.

Cuando le conté a mi madre, ella me cacheteo diciendo:

—¿Qué hiciste? ¿Acaso crees que una chica como ella se rebajaría a estar contigo? —dijo entre llantos.

—Mamá, yo la amo, y no sé qué hacer. Ayúdame —dije mirando al suelo.

—¿Por qué Dios mío?, él no tenía la culpa —dijo mi madre secándose las lágrimas del rostro.

—Mamá, por favor —dije con lágrimas en los ojos.

Estaba desesperado, el amor de mi vida se casaría con otro, no quería perderla, pero yo no le podía dar mucho. Esa era la parte que más lastimaba.

Los días pasaron muy deprisa, no nos habíamos visto en toda la semana, pero encontré una carta en el depósito dónde guardaba mis herramientas.

Querido, gato:

¿Dónde estás querido gato?
No has maullado por mí, no me has visto y tampoco yo a ti.
¿Qué ha pasado querido amigo? ¿Dónde estás?
¿Aún sigo iluminando tu cielo? Ojalá siga siendo así… tú siempre serás mi mejor amigo, aunque solo tenga el cielo para pensar en ti.

Tu luna

—Mi dulce Giovanni —respiré.

Guardé la carta en el bolsillo de mi pantalón y fui al jardín a toda prisa en busca de ella… cuándo llegué, estaba sentada frente al altar, su cabello castaño claro llegaba hasta su cintura, llevaba puesto un vestido hasta la altura de la rodilla, color esmeralda.

—Hola Dulce Luna —dije justo detrás de ella.

—¿Dónde estabas gatito? —dijo riendo.

—Estaba pensando estos días, y creo que no puedo hacerte feliz, lo siento Gio —respondí con un hilo de voz.

—¿Entonces dejarás que me casé con otro hombre que no seas tú? —dijo algo molesta.

—No es fácil para mí dejarte —dije a punto de llorar, ¿qué más podía hacer?

—Está bien Fede, lo entiendo perfectamente —dijo, y se marchó.

Sentí que mi corazón se hacía pedazos, todos los sentimientos que florecieron, en un segundo, se había marchitado, habían muerto.

85

Pasaron dos meses y la veía de vez en cuando sentada cerca de la piscina con libros, ella no despegaba sus ojos de ellos, ni siquiera para mirarme. Perdí a la mujer que amo, es lo más tonto que podría haber hecho, pensaba todo el día en ella y no sabía qué hacer.

Una tarde estaba decidido lucharía por el amor de esa mujer, costara lo que costara... le envié una carta por Emilia, la ama de llaves.

Dulce Luna:

¿Me has dejado de brindar tú luz?
¿Dónde estás? Las nuevas rosas ya florecieron en el centro de nuestro lugar no tan secreto. Te invito a verlas conmigo está noche.

Tu gato.

Preparé el jardín con una sorpresa para ella, le compré un anillo de plata, era para lo único que me alcanzaba. Había comprado un terreno y construí una casita estos últimos días, no me sobró mucho y mi madre me ayudó con un poco de dinero.

Me puse el traje que había adquirido para la fiesta de su padre, arranqué algunas rosas e hice un ramillete para ella. Estaba nervioso, se podría notar por cómo movía mis manos y no me quedaba en un solo lugar.

Entonces la vi allí, tan bella como siempre, lucía un vestido bordo hasta la rodilla, el cabello recogido en una coleta y tenía cara de no haber dormido bien, pero era hermosa de todas las formas posibles.

—Hola Dulce Luna —dije mirándola.
—Hola —dijo ella.
—Estás hermosa esta noche —dije sin dejar de mirarla.
—Gracias —dijo mirando al suelo.
—¿Sabes por qué te he llamado aquí, está noche? —pregunté.
—Para ver las rosas —respondió con frialdad.
—Sí, también para eso, pero hay otro motivo más —dije mirándola fijamente.
—Fede, enseguida debo volver, tengo visitas —dijo mirándome.
—Gio, espero no sea tarde para esto, no puedo ofrecerte lujos ni muchas cosas costosas, pero puedo ofrecerte este corazón y mi alma si tú lo quisieras —dije tomándola de las manos y sacando la cajita con el anillo.
—Fede —dijo con lágrimas en los ojos.
—¿Aceptarías a este tonto en matrimonio? —dije preparándome para la respuesta.
—Fede, acepto casarme contigo, pero debemos irnos de aquí —dijo observando la cajita.
—Iremos a mi pueblo, tengo un terreno y una casa, no es mucho, pero es lo que te ofrezco —dije, mientras le colocaba el anillo en el dedo.
La besé, ansiaba ese beso tanto que soñaba con él, era cómo tocar el cielo y volver, me sentí vivo, en las nubes.

Esa misma noche huimos, bajo la luz de las estrellas y la luna llena, la llevé a mi casa.

Días después su padre nos había encontrado, no dijo mucho... según Gio, él era un hombre de pocas palabras, en cambio su madre, dijo que la quitaría del testamento y no le daría nada, Gio aceptó gustosa, ella había conseguido un trabajo de modista y yo de ayudante en albañilería.

No nos arrepentíamos de nada. Su madre, antes de irse de nuestra humilde casa, dijo que jamás aceptaría tener nietos que no fueran de la clase alta, y que Giovanni debía olvidarse de sus padres.

Pasaron los años y llegó el gran día de la boda, era la promesa de una nueva vida, de sueños y esperanzas, esa fue la segunda vez que me había enamorado de la misma mujer, pero está vez, había cambiado mucho, había un brillo en su alma que me hacía más feliz cada vez que la miraba, y curiosamente, una niña traviesa a la que conozco a la perfección tiene ese mismo brillo en el alma, en cada gesto tuyo la veo, mantienes su recuerdo.

Mi nieta preferida, tú eres el recuerdo de Giovanna viva... eres el recuerdo fiel de nuestra promesa bajo las estrellas, mi Dulce María.

No fui un príncipe azul, pero la hice feliz, y eso es lo que yo te deseo a ti, mi niña traviesa, te deseo un amor como el nuestro, ella fue una persona mágica para mí.

Deseo con todas mis fuerzas que puedas encontrar a esa persona milagrosa. Dicen que cuándo la conoces, no puedes olvidarte de ella, porque te ha tocado el alma para toda la eternidad. Pido al cielo para que encuentres alguien que ame tu alma así, o más de lo que yo lo hice con tu abuela.

Y así fue, todos los días me hacía el hombre más feliz del mundo, ¡mundial!

La amé desde el primer momento en que la vi. Y la volví a amar todos los días de mi vida.

Cuando te entreguen esto, es probable que ya no esté en la tierra, estaré con ella, en el cielo, deseándote un amor para toda la vida.

Mi niña traviesa, sé feliz y lucha por tu amor, cueste lo que cueste.

Con cariño, el viejo Fede

Abuelo, luché por mi amor, por mi Luna en la tierra, fui tan feliz a su lado y recuerdo más cálidas tus palabras, aunque no haya puesto los adornos de navidad, ni hecho la cena como hace un año, brindaré por tu amor y por el mío, que serán eternos.

Querida Julia, te amo y te amaré hasta que no respire, donde quiera que estés: ¡feliz navidad, preciosa!

Don Felipe se ha enojado porque nadie lo dibuja y me ha pedido que te lo diga.

Dedicado a F.G y J.R.

FIN

El aroma a flor de coco

PATRICIA RAMOS

Desde mi balcón se podía apreciar un majestuoso árbol de coco que parecía irradiar vida propia, sobre todo, cuando su perfume inundaba el jardín. Por las tardes solía observarlo e imaginaba que mis sueños podían hacerse realidad. Me hacía sentir bien y apacible. Soñaba con otro tipo de amor, otros cariños, otras sonrisas, otro estilo de vida. Soñaba con algo, tal vez, inalcanzable. Pero no me importaba que fuese así, porque ese perfume me permitía sentir.

Sin embargo, ese aroma sumamente peculiar, me transportaba a otro mundo. A otra vida, dónde no cabía la posibilidad de rendirse. El aroma que desprendía esa flor no solo me llenaba de gozo, sino que, además, sentía la navidad siempre vibrante. Como en esta época donde iniciaba el mes de diciembre, y podía ilusionarme con libertad y una paz interior. Sobre todo, porque eso que sentía, me permitía dejar atrás todo lo malo y seguir avanzando con seguridad, creyendo que me sobraba el tiempo para vivir a mi manera, sin ataduras ni restricciones.

Por esa misma razón, el aroma a flor de coco es uno de mis favoritos: porque sé que, sin importar la época o estación, siempre me impulsará a avanzar. Poniendo mi fe en mí, sintiéndome en casa siempre. Acogiéndome y haciéndome sentir impoluta.

Un día me acerqué a aquel árbol que poseía esa flor que emanaba tan exquisito aroma, mis ojos fueron a parar a lo alto, observando esas flores de peculiar forma, que crecen como protegiéndose con un caparazón de color marrón para luego ir abriéndose, dejando ver su color amarillo. Parecían tener magia, como si transmitieran todo lo que no puedo decir en palabras.

Llevé conmigo un cuaderno de dibujos y observando esas flores de coco con detenimiento, Luego de terminar de admirar cada detalle me puse a dibujar. Trace sus tallos, sus raíces, sus hojas que caían cuál palmera y, por último, sus flores. Esas flores llamadas «flor de coco», que eran realmente especiales. Mis manos trabajaban por sí solas, era la libertad de expresión a través de una simple hoja de papel. El tiempo se había detenido allí, en ese instante. No importaba el mundo, no hacía falta nada, ni nadie. No era necesaria la prisa o el seguir con los quehaceres, nada en absoluto, importaba más en ese jardín.

Un par de minutos después, aún sin terminar mi dibujo, observé el cielo infinito y a los pájaros migrar hacia otro horizonte. Volví a mirar mi cuaderno de dibujo, dejando escapar una pequeña sonrisa ante la satisfacción de sentirme sin ataduras, ni impedimentos. Me permití, ese momento, ser únicamente yo. Sin miedos, con el viento arrullándome y mi espíritu gratificante ante el efecto de calma y gozo. Momento que era mío y solo mío, a ese nivel de egoísmo, satisfacción y fortuna llegué. Una plenitud personal que, así como ese instante, solo otras pequeñas veces, lo puedo experimentar.

Me pregunté si alguna vez podía ser para siempre así. De este modo. Sin embargo, al terminar la tarde, supe que no se trataba de que pudiera percibir eso, por fragmentos o destellos del tiempo, sino de que pudiera hacer realidad esos sentimientos constantemente, con mi actitud, mi forma de ver la vida, de enfrentarla y vivirla. Tenía que cambiar mi rumbo.

Tenía que rediseñar mis metas y objetivos, analizar mis ideales y, sobre todo, saber qué quería y para qué lo quería. Cambiar mis perspectivas, visiones y entender que todo era posible si me tenía fe. Si comenzaba a creer en mí misma y mis capacidades, sin temores, sin considerar las expectativas de los demás, desechando las negaciones de mi mente, mi alma y mi corazón.

Y pese a que, en mi vida, la realidad era otra, este era el momento para llevar a cabo eso que tanto anhelaba. Aprovechando el aquí y el ahora, dejándome guiar por el optimismo y esa pasión que despierta en mi interior cuando me dejó llevar por el aroma de esta bellísima flor. En ocasiones, no siempre es prudente esperar a que la oportunidad llegue a tu vida para iniciar aquello que sueñas. Simplemente debes salir de esa fortaleza que construyes a tu alrededor y crear esas oportunidades con valentía y orgullo.

No permitas que los obstáculos te frenen, hazte fuerte y véncelos. Lucha siempre por tus ideales y, aunque debas ir contracorriente, no te rindas. Haz oídos sordos a todas esas opiniones que quieren impedirte alcanzar tus sueños, tus objetivos, tus logros. Toma la libertad de sentirte invencible, poderoso y enormemente intrépido. A pesar de que lo más cercano a ti pueda llegar a distraerte, aún con todo eso, afronta tu vida con decisión.

Como si estuvieras envuelto en esa armonía que el aroma de esa flor de coco trasmite, como si fueras a pasar el último instante de tu existencia. Porque mereces recibir a manos llenas todo lo bueno que el universo ofrece. Sin reparar en la culpa o dudar. Únicamente bendición, esa bendición que te permite ser agradecido. Manteniendo los ojos en el cielo, pero con los pies en la tierra.

Y si aún no crees en ti mismo, transfórmate en ese ser que deseas, aceptándote tal y como eres. Echando raíces y dejando huellas a tu alrededor. No te desesperes si todavía no llegas a dónde quieres llegar, importa mucho más empezar, que no haber hecho nada. No tengas miedo a ese inicio, a esa nueva etapa. Porque mientras lo hagas con fe en ti mismo, con amor propio y sabiduría, todo será posible.

Porque si algo he aprendido, es que no podemos dar nada por sentado, que no podemos conformarnos con poco, y que nada es suficiente para lograr esos sueños y objetivos que nos impulsan a luchar por la vida que anhelamos. Debemos de ser siempre agradecidos, a pesar las circunstancias. Levantándonos una y otra vez si fuese necesario.

Saber que los sueños nunca se acaban, y enfócate en la autenticidad de tu alma, conectándote con tu esencia, con tu luz, con tu corazón. Acompañándote a ti mismo, sin invadir. Viviendo sin depender. Fluyendo con todo tu brillo, porque eres un ser único e irrepetible.

Porque para ser feliz, basta creer en uno mismo y saber que si puedes imaginarlo, también puedes crearlo y, sobre todo, lograrlo. No esperes tan solo un momento para sentirte pleno. Haz que cada momento sea como si fuese eterna esa plenitud. Llevando siempre contigo ese aroma a flor de coco que te consiente con dicha y magnificencia. Y verás que cuando llegué el final, saldrá mucho mejor de lo que esperabas.

FIN

Hoguera en Yule

ANDREA PITTA

Correr era lo único que le quedaba, las lágrimas se sostenían ingrávidas en sus ojos en ese trayecto que recorría a la máxima velocidad que aquella descarga de adrenalina le permitía. A medida que se adentraba al bosque, se le hacía cada vez más complicado seguir huyendo porque la noche caía y la oscuridad era inevitable.

—Es necesario que la noche sea oscura para ver el resplandor de la luna. Se decía a sí misma mientras intentaba hallar un claro del bosque en medio de aquella ceguera provocada por el inmenso follaje.

Aminoró su marcha para retomar el aire y pensó que justo en la noche más larga del año, estaban tras ella, nunca creyó que le pasaría; el frío no la dejaba pensar, salió desprovista de esperanzas y abrigos; tal vez era mejor que su vida acabara de esa manera con la naturaleza y no en manos de aquellas personas.

Retomó el andar y como un espejismo la imagen de él se presentó ante sus ojos, el dolor que sentía la desmembraba, era insoportable; aquellas manos que recorrieron su cuerpo, hacía unos minutos estrujó su cuello con tanta ferocidad que aún no tenía voz para exaltar un grito.

Debía mantener el secreto de su familia como lo hicieron sus ancestros antes que ella, pero creía en el amor,

creía que él sería parte de su familia,

creía que él la comprendería,

creía que él la protegería,

creía que eso no pasaría…

Su madre siempre le dijo que el poder estaba dentro de ella, que todos los poderes de la luna anidaban dentro de su ser y que "La Luna" era la madre de todos.

Así como la Diosa a quién rendía tributo,

era doncella,

era madre,

era anciana,

un espejo donde reflejarse cuando la vida era simplemente un suspiro nacido de las ráfagas del destino.

Las heridas de sus pies complicaban su avance y se acunó acurrucada detrás del tronco de un viejo árbol. Escuchaba las voces, los ladridos; estaban alrededor de ella y pronto llegarían. Su destino estaba marcado y las llamas en la hoguera que todos los cristianos pensaban que la mataría, solo darían paso a la transmutación de su espíritu, a la purificación de su alma; eso debía aliviarla, pero también era humana y el temor era inevitable.

Cerró los ojos ya cansada de seguir huyendo,

cerró los ojos buscando dentro de sí ese poder,

cerró los ojos visualizando a aquellas mujeres que, como ella vivían en las sombras,

cerró los ojos y vio el fuego,

cerró los ojos ya sin fuerzas para abrirlos de nuevo,

cerró los ojos y escuchó su voz,

cerró los ojos y todo se desvaneció.

Era la mañana, un día antes del solsticio y toda el aquelarre se reunía para los preparativos, ya que después de un duro invierno, el Dios renacería y marcaría el comienzo de un nuevo ciclo; era el momento para la renovación de las energías después de un oscuro invierno, la promesa del sol, del niño Dios que renacía.
Ella lo vería antes del medio día, así que preparó el pequeño tronco que llevaba guardado hacía un año y buscaba la forma de salir sin que nadie la viera, se escabulló como pudo por la puerta trasera, llevando bajo su falda escondido el libro de su familia, allí donde estaban anotados los rituales, pociones, hechizos que una larga estirpe de sacerdotisas fue escribiendo durante generaciones, en ocasiones el amor puede nublar cualquier hilo de razón y convertirnos en marionetas de nuestros sentimientos; cuando se pierde ese control, puede que cualquier un paso en falso nos empuje al abismo.

Estaba sentada en el lugar de siempre esperándolo, quería mostrarle que ese tronco lo había guardado por un año para escribir en él sus deseos, quería mostrarle el libro de su familia, donde había aprendido a escribir en rúnico y contarle que su anhelo más profundo era que ellos pudieran estar juntos por siempre, tallarlo en ese pedazo de madera para quemarlo en la noche de Yule y así los Dioses, viendo aquel amor sublime, los protegería y bendeciría para que juntos pudieran superar todos los obstáculos.

Sintió un beso en la cabeza y giró de golpe, allí estaba él con su mirada traviesa agazapándose junto a ella, no medió palabras y sin dudarlo se acercó con la avalancha de su masculinidad cerca de su cuerpo. Cuando escabulló sus manos bajo su falda se topó con el libro y lo sacó de un tirón; ella pudo ver en sus ojos cierta confusión, en un repentino segundo vio su rostro nublarse, sus manos hojeando las páginas, hasta que dejó caer el libro; le arrancó el tronco de las manos y gritó.

—¿Qué significa todo esto?

—Es el tronco del Yule anterior, quería contártelo para que juntos escribamos nuestros deseos.

—¿Yule?

—El solsticio de invierno.

—¿Solsticio?

—Es un bello ritual el hecho de escribir juntos nuestros deseos para… —y no continuó porque supo que el temor se apoderaba de él, en ese momento cayó el velo que la cegaba, en ese segundo pudo magnificar su insignificante ingenuidad; pero lo amaba, sus sentimientos la hacían reflejarse en un espejismo interminable, en aquella realidad que dio el giro tenebroso para su vida. Él la empujó contra un árbol, la tomó del cuello, la apretó con fuerza y con lágrimas en los ojos, en una mezcla de ira, resentimiento, miedo y frustración le dijo:

—¡Me mentiste, jugaste conmigo, me embrujaste! Todos en el pueblo me decían que eras así y yo no los escuché, ahora tengo las pruebas en mis manos, no puedo permitir que sigas haciendo daño.

—¿Hacer daño? —respondió ella con un hilo de voz que apenas podía emitir.

Cuando despertó vio las rejas y un guardia le notificó la sentencia de juicio. Estaba hambrienta, con la ropa rasgada, con heridas causadas por las pruebas que le realizaron, la llamaron bruja, hija del diablo, le gritaron atrocidades, la golpearon, quisieron que confesara otros nombres de mujeres como ella, pero lo único que podía hacer para enmendar su error era callar.

Caminó casi arrastrada por un pasillo largo y estrecho, era veintiuno de diciembre la noche del solsticio, la amarraron al poste y colocaron varios pedazos de madera a su alrededor, como ironía del destino frente a ella estaba aquel pequeño tronco de Yule que, finalmente cumpliría su cometido, sería quemado junto a ella en aquella gran hoguera.

El fuego se encendió enorme y ella pensaba que cuatro días después de su muerte él estaría celebrando sin saberlo el nacimiento del Dios Sol.

FIN

Blanca navidad

El inicio de una nueva vida

RICARDO DAVID CANTERO

24 de diciembre del año 2.002. Condado de Queens, New York

Una espesa capa de nieve cubría la superficie de aquella gigantesca ciudad. Las escarchas permanecían impasibles en las hojas de los árboles, que, ante el peso, debían doblar sus ramas. Los neoyorkinos, con sus gorras, bufandas y sus gruesos abrigos, caminaban más a prisa de lo normal en la fría jornada, víspera de Navidad.

En las últimas semanas, las tiendas estaban repletas de personas que buscaban el presente perfecto para sus seres queridos, y vestían sus mejores galas, presentando un derroche de luces multicolores, adornos de todo tipo y carteles anunciando ofertas. En los grandes centros comerciales, los niños formaban largas filas para tomarse una foto con «Santa Claus», y aprovechar la ocasión para pedir el regalo que anhelaban, previa promesa de portarse bien, estudiar mucho y obedecer siempre a los padres. Las casas, en su interior, mostraban bellas decoraciones, las chimeneas cumplían con la noble misión de dar calor a integrantes de los hogares, y a los pies del árbol de Navidad, las infaltables cajas de regalos. Desde tempranas horas, las mesas estaban listas, con sus manteles, cubiertos y velas; familias enteras estaban a punto de reunirse, como cada año, en un bello ritual de fraternidad que se da en esta época.

En las radios, no paraban de sonar canciones como *All I want for Christmas is you*, de Mariah Carey; *Last Christmas* de Wham; el ya legendario *Feliz Navidad* de José Feliciano; *Noche de paz*, *El burrito sabanero*, *Los peces en el río*, *Jingle bells*, entre otros éxitos musicales que ya son parte de esta temporada. El espíritu navideño en New York, es real. Yo lo pude sentir.

Todo lo que vi en las películas, en postales, en los programas de televisión, ya no eran algo lejano para mí. Y nobleza obliga a decir que me sentí afortunado. Times Square, la 5ta Avenida, Park Avenue, el Central Park, el Bryan Park, el Empire State Building, entre otros, son paradas obligatorias que en este tiempo reciben a millones de personas, que llegan desde todos los rincones del mundo.

Haber recorrido esos puntos tradicionales de *The Big Apple* fue un verdadero privilegio, que guardo entre mis mejores recuerdos.

Es muy común en aquel país, ver a cientos de persona recorriendo las calles y admirar la decoración de las casas. Así mismo, en cada población se organizan coros, con niños, jóvenes y adultos, que desde meses atrás, ensayan villancicos navideños que luego son entonados en los barrios. Sin dudas, un espectáculo maravilloso y sublime.

Pasaron ocho meses desde que llegué a los EE.UU., con mi alforja llena de ilusiones. Todo era nuevo para mí. Pero debo reconocer que ni todo aquel derroche de magia navideña, pudo lograr que olvide nuestra única e incomparable «Navidad de flor de coco», la «Navidad del Paraguay». El *techaga'u* siempre me jugó una mala pasada, especialmente en estos días, donde como nunca, aflora la nostalgia.

Esa tarde, salí a buscar un teléfono público para llamar a mis padres, porque a la noche sería un caos, las líneas telefónicas se saturaban y se hacía prácticamente imposible comunicarse. Quería darles el saludo de Navidad, hablar con mis hermanos, decirles lo que no me animé mientras vivíamos todos juntos: Que mi amor por ellos es inmenso. Tuve que esperar como dos horas hasta que llegue mi turno. Mexicanos, ecuatorianos, argentinos, colombianos, todos tratando de contactar con los suyos. Hombres que comunicaban a sus esposas que acababan de hacerles un giro de dinero para comprar regalos a los hijos; promesas de amor y fidelidad a pesar de la distancia; una mezcla de tristeza, de alegría y la esperanza de un pronto retorno a los pagos, para disfrutar del calor familiar. Con el frío de diez grados bajo cero, y el viento que penetraba hasta los huesos, la espera se hacía eterna.

Por fin llegó el ansiado momento de marcar el número telefónico de mi casa, pude hablar con todos. La voz entrecortada por la emoción de mi mamá, puso una mayor carga emotiva a aquel instante. Mi papá, que siempre se caracterizó por no ser muy demostrativo en cuanto a sus sentimientos, me aseguraba que una silla quedará vacía en la mesa a la hora de la cena; esas palabras fueron como agudos dardos que se clavaban sin piedad en el medio de mi nostálgico corazón. Tuve que contener el llanto, no porque había a mi alrededor miradas inquisidoras, sino porque no era mi deseo arruinar la Nochebuena a mis seres queridos, contándoles mi tristeza. Les hice creer que era inmensamente feliz, que todo estaba bien. Pero la procesión iba por dentro.

Al terminar mi llamada, regresé a toda prisa a mi habitación, me dejé tumbar en la cama y di rienda suelta a mis lágrimas, que clamaban por libertad… No sabía si agradecer o culpar a Dios por estar donde estaba, a miles de kilómetros de mi tierra, de los míos. No estaba preparado para aquella vorágine de sentimientos de melancolía, de soledad, de aflicción, y de abatimiento, que hacían mella en mí ya maltrecho espíritu. Y en medio de aquel sollozo, me arrodillé y me puse a rezar, a Dios, porque fui yo quien le pidió me diera la gracia de irme hasta ese país, a buscar mejores horizontes, y Él, en su infinita misericordia, me lo concedió. En mi oración, pedí por los míos, rogué que, a mi vuelta, estén todos, que no falte nadie. Ese fue uno de mis mayores miedos, con el que tuve que lidiar por muchos años, más aún, porque el tiempo de mi retorno era totalmente incierto. Me sentí un poco mejor. Cerré mis ojos y me dispuse a hacer un viaje mental al pasado, a mi pasado, a aquellos días gloriosos, de bullicio, de alegría plena, donde con tan poco, uno podía tocar el cielo, donde todo era sencillo, sin complicaciones.

Inicié el recorrido por mi infancia, en las calurosas siestas, donde los interminables conciertos de cigarras pasaban a ser verdaderos villancicos navideños: cuando con los «fosforitos» armábamos un arsenal que no dejaba dormir a los vecinos; cuando íbamos a buscar en los yuyales más espesos las ramas de laurel que darían forma al sitio que cobijaría a la Sagrada Familia de Nazaret. Recordé a mis amigos, con quienes recorríamos las casas del barrio para devorar todo lo que nos ofrecían: clericó, caramelos, galletitas… todo sumaba en aquel ambiente navideño, todo era fiesta y algarabía.

En los días previos a la Nochebuena, mi papá, que tiene conocimientos de albañilería, era el encargado de hacer el «mantenimiento» al viejo *tatakua* que él mismo construyó. Una mano de revoque con tierra colorada usando como herramienta las manos, era el procedimiento a seguir para que el horno funcione al máximo de su capacidad y que todo salga bien. Mi trabajo consistía en preparar la escoba de *chirka* que debía buscar en los baldíos, bajo el sol abrasador de diciembre, y con la cual se retiran las cenizas y se deja listo para que toda aquella cantidad inmensa de comida alcance su mejor cocción y sea del agrado de los comensales.

Días memorables. La ropa nueva que mamá nos compraba del *Shopping Number 4*, algún que otro regalito, porque en aquellos tiempos, los obsequios eran «traídos» por los Tres Reyes Magos, no por el personaje bonachón y obeso, con su espesa barba, su vestimenta roja y que viajaba por todos los países en su trineo tirado por Rudolf y sus amigos renos. Mientras en la Navidad paraguaya, el centro de las celebraciones fue y sigue siendo Jesús, el Hijo de Dios, el Mesías esperado, el Salvador del Mundo que nace en Belén. En la cosmopolita New York, se ven cada vez menos pesebres, ya casi no se usa la frase «Feliz Navidad», salvo en las familias cristianas. Por ser una ciudad donde la diversidad es una regla, donde habitan judíos, musulmanes, católicos y ateos, el saludo más común es el *Happy Holiday*, o «Felices Fiestas».

De niño, en ocasiones me tocaba pasar las Fiestas de Navidad con mis abuelos, en el campo, donde el aroma de la flor de coco inunda el ambiente. Era una diversión ver a mi abuela preparar el nacimiento, que, a decir verdad, nada tenía que ver con el humilde establo donde vino al mundo el Niño Dios. Simpáticos monos colgantes, dinosaurios, leones feroces, elefantes, soldados agazapados con sus fusiles apuntando a un enemigo inexistente, camiones que eran ubicados en empinadas colinas preparadas con arena, aviones de guerra que llevaban misiles letales, payasitos que tocaban tambores y trompetas, una alcancía gigante con forma de cerdito glotón, vestido con los colores de su querido Club Olimpia.

Era una ceremonia que se extendía por toda la jornada. Al culminar su obra, mi abuela, rezaba su Rosario mirando al Niño, que estaba rodeado de aquellos seres extraños. Pero su Fe era tan grande, que seguramente el buen Jesús aceptaba nacer cada año en aquel exótico escenario. El vecindario llegaba hasta la casa de mis abuelos para contemplar el pesebre terminado. En aquellos tiempos, no había energía eléctrica, las noches eran iluminadas por la luna, las estrellas y por lámparas a *kerosene* o a gas, mientras los *lembú* que buscaban acercarse instintivamente a la luz, rápidamente eran consumidos por gigantescos y mansos sapos, que aparecían en escena, y se ubicaban en las esquinas, satisfechos luego de aquel banquete de insectos. Hablando de esos animalitos, la orden de mi abuela era muy clara, precisa y concisa: No maltratarlos: «hay muchos seres humanos que son más feos que los pobres sapos y no se les anda dando patadas», decía ella. Era tradicional en aquellos tiempos, pedir «la bendición» a todos los parientes, hasta a los más lejanos, a quienes nunca vi en mi vida. «Ella es tu tía Fulana, prima segunda de tu tía Mengana que se casó con tu tío Zutano». Y como era niño, debía acatar la orden de «ponerle sea» a medio mundo. Momentos embarazosos e incómodos, que mi generación recuerda entre risas y bromas.

La adolescencia trajo consigo nuevos desafíos. Los fosforitos y las visitas a los vecinos fueron dejados de lado, llegó el tiempo en que la búsqueda de recursos económicos para adquirir tarjetas de Navidad con frases hermosas, que debían ser entregadas a la amada, era la prioridad. Los encuentros con los amigos estaban marcados por las conversaciones sobre las adolescentes del barrio, largas charlas donde las protagonistas eran ellas. Así también, no faltaba el encargado de traer clericó de su casa, mientras otro debía conseguir el vino para que la mezcla sea perfecta, vino que por cierto, era el más barato que se encontraba en alguna despensa, de aquellos que vienen en cartón, y cuyo nivel de alcohol rápidamente se apoderaba de nuestro sistema nervioso, haciendo que riamos sin motivos. Lo más difícil era llegar a nuestros hogares sin que nadie se percatara de nuestro lamentable estado. La *Navidad sin ti* de Marco Antonio Solís, sonaba una y otra vez. Luego, a la noche, todos estábamos listos para la cena. El agradecimiento sincero al Creador por un año más, por la dicha de pasar esas horas en familia. El abrazo a mis padres y mis hermanos a las doce, en medio de las bombas y fuegos artificiales, que causaban terror y desesperación en los perros del barrio.

Los deseos de salud, dicha y prosperidad, son escenas que estando lejos, hoy adquieren su verdadero significado. Nada era casualidad.

A miles de kilómetros de distancia, comprobé que la añoranza es una carga muy pesada. Pude entender la razón por la que muchos escritores dedicaban sus líneas a la madre abnegada, a la patria que uno dejó, a la amada que seguramente durante la ausencia ya conoció a un nuevo amor, olvidando las promesas hechas en eternas noches de luna llena.

Superada la pubertad, pasé los siguientes años siendo parte de las actividades de la Parroquia de mi ciudad. La temporada navideña la vivía entre ceremonias del Sacramento de Confirmación de los jóvenes, Navidad en Familia, preparación de los Campamentos de Verano, junto al Párroco polaco, el *Pa'i Taní*, a quien hasta hoy sigo considerando un segundo padre, un verdadero maestro. Sentirse útil, trabajar en la formación de la juventud, es una sensación única, que la disfruté mucho. La Misa de Nochebuena tiene un significado muy especial para los creyentes, el Redentor hacía su aparición en este mundo y cada año, tenemos la bendición de recibirlo en nuestros corazones.

De vuelta a la realidad, seguía tirado en la cama, desde donde podía escuchar el griterío de niños felices preparando al *Snowman*. Mi cuerpo estaba allí, mientras mi mente seguía en mi querido Paraguay. La belleza de la «Capital del Mundo» es innegable, tiene un encanto único, es imposible no ceder ante su embrujo, pero lo nuestro, a pesar del calor insoportable de diciembre, del tráfico caótico, es algo que no se compara con nada. Mi viaje mental me hizo sentir mejor, como si los recuerdos fueran un alimento para el alma.

Me sequé los ojos, abracé una vieja imagen de la Virgen de *Shoenstatt*, obsequio de mi abuela Julia, me miré al espejo y con el corazón lleno de esperanza, dejé a un lado las quejas y la tristeza para enfocarme en las cosas buenas que estaba viviendo. Si estaba en aquel lugar, era por algo, era cuestión de encontrar un propósito, un por qué, y aprovechar los años que iba a vivir en aquel lejano país para alcanzar mi propio crecimiento. La vida me daba una brillante oportunidad cuyo significado buscaría conocer. Las cosas pasan por una razón, nada es casualidad. Me levanté de la cama, que en aquel momento era una prisión, me tomé una ducha, vestí la ropa nueva que compré el día anterior aprovechando las ofertas, y salí a caminar, a disfrutar del clima frío, con un buen café, contemplando a la muchedumbre caminar a prisa. Todos querían llegar a sus hogares lo antes posible y alistarse para la cena de Navidad. Había mucho que celebrar, mucho que agradecer. Saludé a los dueños y empleados de los comercios que frecuentaba, llegué hasta el Hospital de la ciudad y saludé a médicos, enfermeras y familiares de los enfermos que llenaban los pasillos, y entendí que era un afortunado.

Compré una caja de dulces y los repartí a los transeúntes, con el correspondiente *Merry Christmas* y «Feliz Navidad», que eran respondidos con amplias sonrisas. El espíritu navideño se hizo presente, y permití que se apoderara de mi ser. También las tormentas emocionales tienen un final y dan lugar a la calma, a esa seguridad de que todo va a estar bien.

Finalmente, ingresé a una florería. El dependiente estaba a punto de cerrar, llegaba justo a tiempo. Pedí un ramo de flores. Las rosas, margaritas y lirios parecían esperarme ansiosos. Al salir, pedí un taxi, indiqué al conductor mi destino… Ella me estaba esperando. Sería nuestra primera Navidad juntos en aquel país. El momento que hemos soñado mientras vivíamos en Paraguay, había llegado. Una verdadera batalla de sentimientos se había librado en mi interior. La melancolía, la nostalgia y el abatimiento fueron derrotados por la esperanza, por la paz y por la alegría. La feroz lucha interna tuvo el final esperado.

Pensé nuevamente en mis padres, en mis hermanos, en mis abuelos, tíos, primos, amigos. Desde el fondo de mi corazón deseé que todos ellos tengan una hermosa Nochebuena. El taxista parecía muy apurado, durante el trayecto me contó que era su último viaje del día y se disponía a regresar a su hogar, donde su esposa y sus tres hijos lo esperaban ansiosos. En el asiento del acompañante pude ver una botella de vino y varias cajas de regalos. Sin dudas, esos obsequios serían colocados al pie del árbol navideño, para luego ser abiertos a medianoche. Toqué el timbre.

Una cúpula gris cubría el cielo. La noche no tardaría en llegar. Empezaba a nevar. La alfombra blanca que cubría aquella inmensa ciudad recibía un nuevo refuerzo. Más nieve. Recordé que cuando era niño, uno de mis sueños era experimentar lo que llaman una «blanca Navidad», y estaba tan cerca de cumplir ese sueño. Mientras seguía esperando, respiré profundamente y pude comprender lo bendecido que siempre he sido, que la vida ha sido benevolente y justa, que todo iba a ser mejor si lograba sacarme la venda de mis ojos y ver las oportunidades que tenía frente a mí.

La puerta se abrió de par en par. Ella lucía radiante, más bella que nunca. Sus ojos hablaban y me decían que era feliz de tenerme cerca. Ella era el motivo por cual dejé mi patria y a los míos. Le di un beso y un abrazo que parecían eternos. Le dije que la amaba. Su sonrisa podía derretir toda aquella nieve. Los miles de kilómetros no son nada cuando el amor es grande, cuando la dicha es plena, cuando la esperanza está viva. Estaba plenamente convencido de que alguna vez regresaría a mi amado Paraguay, a mi querida ciudad; estaba seguro de que los años pasan rápido, de que la vida es corta y larga al mismo tiempo cuando existe un motivo por el cual vivir y luchar. Era justo y necesario cerrar capítulos de mi pasado y enfocarme en las nuevas páginas que tenía que escribir, en mi presente y en mi futuro, que esperaba vivirlos junto a aquella bella dama.

Repentinamente, el silencio se apoderó de aquella ciudad que nunca duerme. No había vehículos ni personas circulando en las calles. La quietud era total. A esa hora, las familias estaban sentadas en la mesa y las copas cargadas de vino para el brindis. Los abrazos, las lágrimas de felicidad, los buenos deseos y las risas inundaban el ambiente en cada hogar. La nieve se hacía cada vez más espesa. La perfección existe, aquello era perfecto.

Y arrodillado frente al pesebre, agradecí al Niño Jesús que nacía una vez más en los corazones de quienes creemos en Él.

FIN

La Búsqueda

DANIEL PESCE

Giacomo Nascosto era un joven nacido en Suiza, era de origen italiano, ya que sus padres que provenían de la provincia de Reggio Emilia, en la parte norte de la península itálica, los cuales siendo jóvenes, cuando recién habían formado su incipiente familia, emigraron hacia el norte, atravesando incluso las fronteras de su propio país, para buscar un futuro prominente en aquel país del Norte. Su emigración tuvo lugar allá por la década del veinte, donde no sin esfuerzo y ahínco se afincaron en aquel nuevo país, más concretamente en un pequeño pueblo rural de las montañas, allí encontraron establecerse como finos comerciantes, a su vez lograron establecerse formando y haciendo crecer su familia, a los que intentaron educarlos con los valores que ellos mismos habían aprendido de sus padres en su país natal, pero a la vez no descuidaban de que ellos debían de sentirse autóctonos de aquel lugar, no querían albergar en el corazón de sus hijos la idea de sentirse extranjeros.

Con el tiempo, año a año, pudieron ir afianzándose, creciendo dentro de la pequeña burguesía local, prácticamente sin darse cuenta, fueron acrecentando su fausto y pudieron establecerse y crecer sin mayores inconvenientes en aquella particular nación, a la cual admiraban profundamente, no solo por sus bellísimos paisajes, de los cuales ciertamente Italia no tiene nada que envidiar, sino por la organización de la sociedad y la forma que este país que los acogía, era considerada por los vecinos limítrofes.

Desde muy temprana edad, Giacomo, manifestó una inclinación muy profunda hacia lo religioso, incluso hacia lo místico y a lo espiritual, pero a la vez se expresaba con una disconformidad manifiesta y profunda en su interior y que tantas veces exteriorizaba en cuanto a lo mundano y terreno. No poseía ningún apego hacia los bienes materiales más allá, de que su familia poseía no sólo todo lo necesario para vivir, sino que a la vez para poder hacerlo con total holgadez, esto contrastaba con la forma de vivir de sus padres y hermanos, quienes, sin ser ostentosos, disfrutaban de los bienes materiales y de aquello que mediante el trabajo podían obtener y disfrutar, en varias ocasiones esto traía una que otra discusión entre los hermanos, quienes no siempre comprendían a Giacomo.

Como cualquier otro niño de su edad que vive en un pequeño pueblo de mayoría católica, realizó todos los sacramentos previstos para un joven de su edad, a la vez se desempeñó como monaguillo, para lo cual tuvo que recibir clases particulares de su cura párroco en latín, ya que en aquel entonces todavía no se celebraban las misas en lengua vernácula, sino en la que era considerada como lengua propia de la Iglesia, había aprendido con suma diligencia, todas y cada una de las respuestas que él debía de dar en la celebración litúrgica.

Cada domingo como buen cristiano y fiel monaguillo se presentaba en la iglesia, media hora antes del inicio de la celebración litúrgica, preparaba sus ornamentos y a la vez los propios del sacerdote, a quien ayudaba a revestirse. De todo el año, había una época y una festividad religiosa en particular, que llamaba mucho la atención del pequeño, una época en donde todos instaban a ser mejores, a corregir los errores del año que iba culminando, una época donde cada uno intentaba ser mejor o al menos procurar esa mejoría en su vida o en la de su propia familia.

El pueblo cobraba un dinamismo especial, las cumbres de las montañas por obra de la naturaleza se preparaban de forma majestuosa con sus picos repletos de nieve, que llegando a la fecha culmen de las festividades, esta iba cayendo por cada una de las laderas de la misma, las chimeneas humeaban constantemente desde la tarde en cada una de las casas, que en su mayoría estaban construidas de madera, y eran adornadas con brillantes faroles en las jambas de las puertas y en las ventanas, no había casa que no se preparara para esta festividad, desde la familia menos acaudalada, hasta aquella que vivía en la opulencia, todos casi de igual manera, vivían y celebraban la Navidad, pero aquello que como niño aún lo asombraba más, era el Belén preparado en el interior del templo, aquel pesebre tan finamente preparado por la señora Regina, sacristana del pueblo, bajo la supervisión estricta de don Elías Sunderbund, párroco del lugar.

Cuando entraba en la Iglesia y veía aquellas piezas de cerámica en el lado izquierdo del templo, el cual en la mayor parte del tiempo del día permanecía en penumbras, solo una luz tenue brillaba, proveniente de aquel rincón, donde la Virgen María arrodillada contemplaba una cuna vacía, mientras que del otro lado un muy apuesto san José, permanecía erguido con la mirada fija, contemplativa hacia aquel comedero de animales devenido en cuna, alrededor de ellos podía verse el heno que abundaba, junto a una vaca acostada, un burro y un cordero, los cuales tenían expresión en su rostro animal, como si estuvieran atravesando un profundo éxtasis. Fue por aquellos días, que Giacomo sorprendido y a la vez ensimismado en la contemplación de las figuras, delante del pesebre se encontró con el sacerdote, a quien decidió presentarle algunas preguntas e inquietudes que tenía:

—Padre… ¿Por qué hay tantos animales alrededor del lugar donde nació Jesús?

El padre lo miró con cierto grado de ternura y le respondió mientras le colocaba una mano sobre su hombro:

—Mi pequeño y querido Giácomo, nuestro redentor Jesucristo, siendo el hijo de Dios, decidió nacer entre los más pobres, y a la vez el eligió ser pobre entre los pobres, además mi querido niño, cuando llegó el momento en el cual debía de nacer el Hijo de Dios, José y María fueron a Belén a causa de un censo, que se realizaba en la región, en aquel momento, la Virgen comenzó los trabajos de parto cuando el día ya caía, san José abrumado por la situación fue a cada casa y hospedaje, a pedir posada para él y su esposa, pero todos los lugares estaban repletos, en ningún lugar hubo espacio para ellos, así que caminando ya casi a las afueras del pueblo, lo único disponible era un establo de animales, misteriosamente siendo Él, el más rico y Todopoderoso, nació entre los más pobres y en la fragilidad humana.

Estas palabras cargadas de emoción que le había proferido su párroco le llenaron el alma de preguntas muy profundas para un niño de su edad: si Dios nació pobre entre los pobres ¿por qué no vivir la Navidad entre los más desventurados de su pueblito, por qué no buscar a aquellos que están pasando necesidades, para que, con ellos, como el pequeño niño Jesús que nació en uno de los lugares más pobres de su sociedad y a quien lo adoraron por primera vez los más pobres? Giacomo fue con esta idea a sus padres, para presentarles su pequeño proyecto, que consistiría en invertir todo el dinero destinado para el festejo de la navidad, en la caridad con los más pobres. Los rostros de sus padres se llenaron de ternura, al ver la caridad que brotaba del corazón de su hijo, finalmente se miraron entre sí y su padre sonriendo levemente, mirándolo a los ojos le dijo :

—Mi querido niño, tu deseo y sentimiento yo sé que es muy puro y bueno, pero no es así como vivimos la Navidad… llevaremos como cada año algunas provistas a la casa de Ana, que desde hace cinco años enviudó y algo a la casa de los Laterrefer que poseen una prole numerosa… pero no podemos invertir todo lo que tenemos en todos los pobres, recuerda somos solo una gota de agua en medio de un océano de necesidades que existen, aunque invirtiera todo mi dinero y mis posesiones en ayudarlos, no lograría que abandonen el estado de pobreza en el que algunos de ellos viven.

El Chiquillo entendió lo que su padre tiernamente y con paciencia le había explicado, pero continuaba en su corazón un sentimiento y por sobre todo una necesidad de radicalidad inexplicable.

El pequeño Giacomo fue creciendo y desarrollándose en todos los aspectos año tras año, era muy bien visto y tenido en cuenta por su párroco, un hombre que paso a paso ya estaba arribando a la ancianidad, el cual en los últimos años, en cuanto a la pastoral parroquial, no hacía demasiadas actividades en la comunidad, más allá de celebrar los sacramentos y cumplir con los horarios ya estipulados, era lo que comúnmente algunos denominarían mucho tiempo después, una pastoral de cuidado, quizás esto se debía ya al peso entrado de sus años, los cuales como a cada persona generan cierta fatiga y cansancio, pero a pesar de esto, siempre se demostraba solícito para su gente y alegre en su actividad.

Ya en su temprana juventud, se convirtió en ávido lector, sentía placer al adentrarse en la lectura, poseía un intelecto muy bien formado y con una rapidez fuera de lo común, para dilucidar, discernir y ejecutar sus conocimientos. Admiraba sobre todo, particularmente a un santo de la era patrística, quién le había producido un profundo impacto interior, el mártir san Justino, el cual provenía del paganismo, antes de convertirse y bautizarse, era filósofo y por medio de la filosofía, supo explicar y conceptualizar el cristianismo.

Como era un joven intensamente idealista, él creía que la fe no podía ser explicada de una forma fantástica y supersticiosa, sino con los presupuestos propios de la razón, por eso Justino para él se convirtió en un ideal prácticamente de vida, todos aquellos que rodearon a Giacomo, pudieron vislumbrar en su vida, que estaba llamado a algún camino vocacional y muchos lo incitaban y le proponían, en especial sus catequistas para que adoptara la vía del camino sacerdotal, a pesar de que para todos era más que evidente, nunca estuvo convencido de que Dios lo llamara a él. Pero la presión pudo más que los propios pensamientos y deseos del joven.

A la edad requerida ingresó al seminario diocesano, y así comenzó la carrera teológica, siendo uno de los alumnos más destacados con mejores calificaciones en todas las materias de índole bíblico teológico, demostraba destreza intelectual en las lenguas muertas. En sus tiempos libres, lejos de dedicarse al ocio o algún deporte, se dedicaba a la investigación y a la escrutación de textos antiguos ya olvidados, y muchas veces hasta casi perdidos en los anaqueles de la biblioteca del convento, pero a pesar de esto, algo en él demostraba que no era feliz, algo dentro de él no le permitía sentirse pleno en este llamado que en el fondo no era suyo, pero del cual quería convencerse.

Los años fueron pasando uno detrás de otro sin mayores complicaciones, en la mayoría de ellos él egresaba como uno de los alumnos con las mejores calificaciones, era muy rápido para el estudio, pero dentro de sí a pesar de todo seguía albergándose un sentimiento de inconformidad, imperceptible tanto para sus compañeros, como para sus superiores, fue así que en el último año de su formación, en la Navidad del año 1966 con todo el jolgorio propio de las fiestas navideñas, cada uno de los seminaristas y superiores de esa comunidad, se movían a un ritmo frenético, no sólo decorando y ambientando la casa, la capilla y cada uno de los ambientes que conformaban el convento, sino a la vez estaban todos, en especial los superiores y sus colaboradores, dilucidando cuál sería la cena, cómo sería, dónde sería, cuántas cosas habría que comprar, cuál sería el presupuesto para esta Navidad. Algo en lo profundo del joven seminarista, se revolvió y se preguntaba si aquello era verdaderamente el sentido profundo de la Navidad, y una pregunta aún más profunda le surgió al mirar la pobreza del pequeño niño Jesús en el pesebre, acostado en una improvisada cuna hecha de un comedero rústico de animales, tanta pobreza, tanta mendicidad, tanta nada, tanta humildad.

Se quedó casi petrificado delante del mismo contemplándolo, miraba cada pieza del pesebre adornado con tanta hermosura, venía a su memoria aquella conversación tenida con su párroco a los pies del pesebre parroquial cuando era niño, recordaba en silencio su pueblo, su familia y las navidades vividas allí. Más allá de lo que se veía en aquella representación, sea por medio de la finura y elegancia de su pintura y de los adornos brillantes y dorados que circundaban las imágenes, había un detalle que le llamaba la atención, aquellos que venían a adorar al recién nacido, estaban descalzos y vestidos con ropas completamente rupestres, eran hombres pobres, sin estudios, sin riquezas, sin posesiones, era a ellos a quienes se le había comunicado y anunciado el nacimiento del Salvador. El Dios del universo en la pobreza, envuelto en tristes y paupérrimos pañales, rodeado de animales en aquel establo pobre, pero en el cual se habían esforzado de sobre manera para decorarlo con objetos valiosos y hasta ostentosos.

Cerró sus ojos intentando imaginar el lugar verdadero del nacimiento del Salvador, y pudo con su imaginación ver a la Virgen María y a san José, rodeados de la marginalidad y de la pobreza, en un recóndito y menesteroso establo, prácticamente a la intemperie, en medio del estiércol de los animales, allí en ese ambiente había nacido milagrosamente y a la vez misteriosamente la promesa de salvación para todo el mundo, la esperanza de un pueblo determinado, el pueblo judío, por medio del cual otros pueblos alcanzarían la redención. Hubo algo en lo profundo de su ser que comenzó a gestarse con toda virulencia y a la vez que crecía comenzaba algo a cambiar en su interior, no quería vivir ni en el fausto, ni en la opulencia, ni vivir en la riqueza, ni de los honores o reconocimientos, sean estos del mundo o eclesiales, quería ser como aquel pequeño niño, junto a los pastores, pobre, olvidado marginado, sin amor a la posesión, ni a los bienes materiales, ni a ningún tipo de riqueza.

Y es así, que ese mismo día, en la vigilia de la noche buena, en medio de aquella fastuosa liturgia, celebrada y presidida por el rector del seminario, mientras en el inicio de la celebración litúrgica, el niño Jesús adornado con bellos vestidos y brocados de oro, era introducido en el templo por el pasillo central en las manos del rector, quien a su vez, estaba revestido con finas y bellísimas vestiduras litúrgicas, rodeado de cuatro ceroferarios, dos a cada lado, la cruz dorada de estilo gótico, iba detrás del turiferario que invadió el espacio y el ambiente con el humo y el perfume del incienso, todo esto acompañado por las melodiosas voces de la *Solca Cantorum*, quienes entonaban un tradicional canto gregoriano. Observando aquella fastuosa entrada, realizó una promesa que surgió de lo más profundo de su corazón, vivir la pobreza y la austeridad, buscar vivir en el olvido, vivir como aquellos pastores, junto al niño Jesús. Vivir y ser como fue el mismo Jesús, desprendido de los bienes materiales, sin amor a cualquier tipo de fortunas, sin esperar nada a cambio más que hacer el bien a los demás.

Fue así que esa misma noche, apenas iniciado el veinticinco de diciembre de 1966, Giacomo Nascosto, tomó todas sus cosas, las cuales pudo acomodar en una bolsa de tamaño mediano, solo se lamentó de no poder llevar consigo demasiados libros, tan solo pudo llevar la *Imitación de Cristo* de Tomás de Kempis y algunos de los tomos en latín de *La suma teológica* de Santo Tomás de Aquino, de esta forma furtivamente dejó el seminario en medio de la oscura noche y tomó la decisión de dirigirse a la casa de sus padres. Caminó durante toda la noche y gran parte de la madrugada, cercano ya a la hora del mediodía, arribó finalmente a su casa paterna, entró causando sorpresa de sus progenitores, como a la vez de sus hermanos y de sus respectivas familias, quienes creyeron que cómo Giacomo cursaba el último año de su formación, sus superiores del seminario le habrían permitido poder llegar a la casa para compartir la Navidad, realidad que en todo el tiempo de formación nunca había podido acontecer.

El joven seminarista, casi sacerdote, se sentó a la mesa y en silencio consumía los alimentos, nadie sospechaba lo que pasaba, pero entre él y todos los asistentes al almuerzo había un silencio inusitado, mientras que los demás conversaban de temas variados o reían, les llegaba hasta el grado de incomodar el silencio de Giacomo. Finalmente, al término ya del almuerzo navideño, les comentó a todos lo que había hecho y decidido. Sus padres se sorprendieron de sobremanera y quisieron convencerlo de que volviera al seminario, a lo que él les respondía, que había prometido al niño Dios algo de lo cual no podía desdecirse, era su palabra empeñada.

Pasaron los días, sin demasiadas novedades, permaneció en su casa rezando y pidiendo a Dios le diera una respuesta, antes del 31 de diciembre, salió de la casa paterna y comenzó un viaje a pie, recordando a los antiguos peregrinos de la Iglesias orientales rusas, que como mendigos de Cristo andaban de pueblo en pueblo, mendigando el pan y anunciando el reino de Dios; y así se le fueron marchando los años de su vida, con su sotana raída, con la barba crecida, como un monje de Dios errante, sin convento y sin misión, viviendo en la pobreza total.

Después de tanto andar errante, habiendo ingresado desde hace varios años en territorio italiano, pasó por la ciudad eterna de Roma, deteniéndose en los grandes centros de la cristiandad, en la plaza de san Pedro, y en su basílica, como en la iglesia de san Juan lateranense y en san Pablo extra muros, finalmente siguió deambulando por cientos de ciudades italianas, hasta que llegó a los pies de una montaña, le dijeron que en aquella cima de la montaña, se encontraba un santuario misterioso cavado en la roca, dedicado al Arcángel san Miguel, el santuario databa del año 492, era el 21 de diciembre de 1979, habían pasado ya varios años desde que Giacomo había abandonado el seminario y su vida religiosa, como a la vez su propia ciudad y su casa paterna, comenzado aquella peregrinación sinfín. Se decidió dormir en las orillas de la montaña para comenzar su marcha al día siguiente.

Emprendió el ascenso por el único camino existente en la zona, el cual era bastante sinuoso, era de tierra y piedra, inundado por la nieve que incesantemente caía por aquellas fechas, había que ascender unos 3990 metros de altura hasta llegar a la cima de la montaña. Al llegar a la cumbre, pudo divisar un pequeño pueblecito, constituido por casas muy parecidas entre sí, a la vez bajas, de color blanco y de techos de tejas, subiendo y bajando según la montaña les permitía asentarse. Los habitantes de aquel recóndito lugar, como la mayoría de los montañeses, eran cerrados y toscos, no demasiado abiertos con los forasteros, menos aún al ver una especie de monje caído en desgracia, con su sotana remendada, desteñida y sucia, sus cabellos desacomodados y largos, su barba encrespada, sucia y larga. Habiendo atravesado tan sólo dos cuadras del pueblo, se encontró con aquel santuario misterioso, tenía un pórtico de piedra con una puerta labrada de bronce, unas escalinatas que descendían al menos tres pisos, en tres direcciones diferentes, al culminar su descenso, llegó a la entrada principal de la caverna e ingresando se arrodilló para rezar.

Pasó largas horas, en una especie de éxtasis y contemplación, hasta que finalmente uno de los hermanos que custodiaba el santuario, se dirigió a él, le tocó el hombro y le dijo:

—Hermano tenemos que cerrar el santuario, es hora de irse.

Giacomo no respondió, más se levantó del banco y comenzó a subir escalón por escalón, aquella larga escalera hasta alcanzar la entrada principal que daba a la calle, cada escalón fue una fatigosa marcha hasta salir del santuario. Una vez que se hubo ubicado fuera de las rejas medievales de hierro, de aquel lugar misterioso, decidió dormir en la calle, sin tener otro lugar a donde ir, pasó uno o dos días mendigando en aquel pueblo, hasta que finalmente el veintitrés de diciembre, escuchó en una conversación ajena, que existía en aquel puesto a no más de ocho kilómetros un viejo monasterio, la abadía de Pulsano, no sabía por qué, pero caminó hasta allí para conocer el lugar, la caminata la hizo sin prisa, rezando, contemplando la hermosura y la belleza de aquella montaña, sus onduladas formas, sus caídas, sus piedras sobresalientes, la nieve que lo invadía todo. Cuando hubo hecho tres kilómetros, en la parte izquierda del camino, pudo divisar la caída estrepitosa de las montañas que llegaban hasta el golfo de Manfredonia.

Siguió su camino y llegó finalmente a la abadía, la cual se notaba antigua, construida anterior al tiempo medieval, de pronto vio al menos una decena de monjes, que estaban caminando, iban con sus vestimentas blancas tirando a ocre, con unos cintos de cuero marrones ceñidos a su cintura, caminaban en fila de dos, dirigiéndose hacia el templo. Giacomo, se escondió entre unos matorrales y pasó allí la noche contemplando desde lejos la vida de los monjes, la sobriedad, la pobreza y soledad. Ya habiendo iniciado el día veinticuatro, uno de los monjes lo encontró durmiendo entre aquellos arbustos y le dijo:

—Hermano ¿a quién buscas?

Y como si fuera aquel pasaje del Evangelio en el monte del Getsemaní, Giacomo Nascosto respondió:

—A Jesús.

El monje lo miró y lo contempló fijamente, posando su mirada en la profundidad de sus ojos color avellana y le preguntó:

—¿En dónde lo buscas?

A lo que él respondió:

—En la soledad, en el silencio y en la pobreza.

El monje le dijo que había encontrado el lugar adecuado y luego lo condujo pasando por entre medio del atrio principal del monasterio y de sus estructuras, a unas escalinatas esculpidas en la piedra, que bajaban por la ladera de la montaña. Habrían bajado unos ciento setenta metros por la pendiente, hasta encontrar una habitación, que estaba cavada en la montaña por la ladera oriental de aquel lugar. La vista era más que motivadora, frente a su humilde y pequeña celda, podía verse el mar, el golfo y las montañas que se entrechocan una con otra cayendo de forma abrupta. Entrando en aquella habitación esculpida en la roca, solamente había una cama de piedra, una escribanía rústica de madera, una silla, paja sobre el lecho de piedra y algunas maderas dispuestas para el fuego.

Sobre las paredes estaba pintada una cruz y a los costados la virgen dolorosa y san Juan, en otra de las paredes podía verse un San Lorenzo deslucido y un San Benito de Nurcia casi transparente por el paso del tiempo. Cerca de las ramas que estaban junto a una especie de chimenea improvisada para soportar el frío de la Navidad, había un niño Jesús sobre un fajo de paja con sus bracitos abiertos, sólo cubierto con pobres pañales. Giacomo miró profundamente a aquel niño, se arrodilló y se postró seguidamente. Comprendió entonces, que su largo caminar llegaba a su fin, después de haber atravesado un largo trecho, para llegar a aquel lugar, donde encontró la pobreza del niño Jesús, en donde encontró la soledad, la austeridad, y el lugar donde poder entregar su vida.

Giacomo Nascosto por una paradoja de la vida, vivió como su apellido en italiano lo dice: Escondido, y en aquella Navidad se encontró con la pobreza desnuda de Jesús, a quién prometió servir y amar. Se lo conoció por la región como el monje peregrino, muchos lo visitaban en los años que siguieron en su eremita, donde buscaban sosiego del mundo y consejos para la vida. Fue reconocido como un hombre de profunda oración, de compromiso con los pobres, ya que salía de aquella eremita que eligió su casa, llevando pan, abrigo, consuelo y comida para los que necesitaban.

Entendió que la Navidad no era solamente celebrar un nacimiento desde los rituales, sino que era celebrar el nacimiento de la vida, de la esperanza, de la alegría y del amor que traía consigo para el mundo el niño Jesús. Ese niño lleno de Esperanza para un pueblo oprimido y triste. Ese niño pobre, pero rico a la vez, que colmó de riqueza su corazón. Giacomo vivió como un Nascosto del mundo, desde aquel momento para siempre.

FIN

EPAI es una asociación de personas interesadas en inculcar una cultura literaria, bajo el lema: Escritores para escritores.

Busca que, en espacios digitales como redes sociales y plataformas de autopublicación, formemos una red de asociados con el mismo fin de comunicar, difundir y generar tendencias dirigidas a que jóvenes adquieran el gusto por la lectura. EPAI ofrece un espacio que promueve el trabajo en equipo y el apoyo entre escritores, utilizando los recursos digitales de comunicación y difusión, por lo que facilita a los asociados la autoformación, autogestión.

Redes sociales:

@escritoresparaguayos

Escritores Paraguayos Autopublicados e Independientes- EPAI

escritorasparaguayas@gmail.com